깔깔

유머콘서트

깔깔 유머콘서트

머리말

건강한 웃음을 자아내게 만드는 유머 콘서트

사람은 웃을 때가 가장 아름답다. 따라서 웃음은 마음의 치료제일 뿐만 아니라 좋은 영양제로서, 웃음이 많은 사람은 아름답고 건강하다. 그래서 웃음은 보약보다 낫다고 한다.

또한 웃음은 모든 사람들의 마음을 하나로 엮어 주는 융화작용과 친화작용으로 인간관계의 윤활유 역할을 하며, 사람의 의욕과 활력을 솟아나게 하는 것이므로, 지금의 어지러운 사회 기풍을 바로잡고 명랑한 사회가 유지되도록 하기 위해서는 무엇보다도 유머가 필요하다고 생각한다.

'웃음이 없는 삶은 사막이요, 웃음이 없는 가정이나 직장은 지옥이라고 생각한다. 그만큼 우리가 사회나 가정생활에서 웃음이 필요한 것이다.

이 땅을 살아가는 우리의 삶은 고통이 없을 수 없다. 그렇다고 늘 울 수만은 없지 않은가. '울지 않을 수 없는 현실이 두려워 웃어야 되겠다' 고 말한 버나드 쇼의 익살스러운 말처럼, 오늘을 살아가는 우리의 삶 속에 웃음과 유머가 끊어지지 말아야 하겠다. 이런 뜻에서 그 동안 세상에서 풍문으로 떠도는 유머와 귀동냥으로 들은 옛 어른들의 원숙하고 지혜로운 이야기 중에서 우리를 웃기게 만드는 것들을 모아서 독자들의 마음을 즐겁게 하고, 건강한 웃음을 자아낼 수 있도록 하기 위해 한 권의 책으로 엮었다.

그러므로 이 작은 글을 읽는 모든 분들에게 기쁨을 주는 활력소가 되었으면 더 바랄 것이 없겠다.

목차

방귀를 통한 인간성 분석

간단한 것 같지만 방귀 뀌는 스타일이나 방법 하나만으로도 그 사람의 특성을 파악할 수 있는데 그 요령은 다음과 같다.

- 영리한 사람 : 재채기를 하면서 방귀를 뀌는 사람.
- 과학적인 사람 : 방귀를 병에 담는 사람.
- 소심한 사람 : 자기 방귀소리에 스스로 놀라 펄쩍 뛰는 사람.
- 자만하는 사람 : 자기 방귀소리가 어느 누구보다도 크다고 생각하는 사람.
- 멍청한 사람 : 뭐 큰일이라고 몇 시간이고 방귀를 참는 사람.
- 난처한 사람 : 자신의 방귀와 남의 방귀를 구별 못하는 사람.
- 불행한 사람 : 방귀 뀌려다가 똥 싼 사람.

• 불안한 사람 : 방귀를 뀌다가 중간에 멈추는 사람.
• 비참한 사람 : 전혀 방귀를 못 뀌는 사람.
• 시대 흐름을 모르는 사람 : 여자가 방귀 뀐다고 투덜대는 사람(남자).
• 비열한 사람 : 방귀 뀌고 머리 위로 이불을 당기는 사람.
• 뻔뻔한 사람 : 크게, 그것도 냄새까지 독한 방귀를 뀌고 나서 호탕하게 웃는 사람.
• 정직한 사람 : 방귀 뀐 것은 인정하나 그때마다 꼭 의학적인 이유를 대는 사람.
• 부정직한 사람 : 자기가 뀌고 남한테 뒤집어씌우는 사람.
• 겸손한 사람 : 다 뀌지 않고 항상 여분의 방귀를 남겨두는 사람.
• 귀여운 사람 : 방귀냄새를 맡고 뭘 먹었는지 맞추는 사람.
• 혼자만 점잔 빼는 사람(반사회적인 사람) : 양해를 구한 뒤 혼자만의 장소에 가서 뀌는 사람.
• 감성적인 사람 : 방귀 뀌고 나서 우는 사람.

• 좀 모자라는 사람 : 다른 사람의 방귀를 자기 것이라고 생각하고 즐기는 사람.
• 한참 모자라는 사람 : 방귀 뀌고 팬티에 흔적 남기는 사람.
• 신지식인 : 주위에서 누가 뀌었는지 알아맞추는 사람.
• 겁이 많은 사람 : 방귀를 여러 번에 나누어 찔끔찔끔 뀌는 사람.
• 새디스트 : 잠자리에서 방귀 뀌고 이불을 펄럭거리는 사람.
• 마조히스트 : 목욕탕 속에서 방귀 뀌고 물 위로 솟아오르는 큰 물방울을 깨물어 보려는 사람.
• 환경운동가 : 방귀를 뀔 때마다 마음속으로 환경 오염을 염려하는 사람.

방귀에 대해 물었더니

- 폭주족 : 뿌아아아아-앙!
- 교수 : 거기, 학생! 자면서도 뀌나?
- 김혜수 : 잘 터진다-!
- 고추장 할머니 : 며느리한테 물어봐.
- 이경규 : 숨은 양심을 찾아라.
- 최불암 : 암, 암, 불암이가 뀌었지!
- 만득이 귀신 : 만-드-윽!

방귀는 내가 뀌었는데

한 신부가 처음으로 시부모를 뵙고 인사를 하는 자리에 육친(六親)이 모두 모였다.

곱게 화장을 하고 단장한 신부가 청상으로 나오자 보는 이마다 칭찬하지 않는 사람이 없었다.

그런데 신부가 시부모 앞에 나아가 막 술잔을 받들어 올리는데 얄궂게도 방귀란 놈이 '뽕' 하고 터져 나왔다.

자리가 자린지라 육친들이 모두 웃음을 참고 서로의 얼굴만 살피는데 유모가 벌떡 일어났다.

유모는 신부의 부끄러움을 덮어주기 위해 자기가 허물을 뒤집어쓰기로 작정하고 아뢰었다.

"소인이 워낙 노쇠하여 엉덩이가 연해져서 방귀를 참지 못하여 황공하기 그지없사옵니다."

그러자 유모의 사죄를 가상히 여긴 시부모는

비단 한 필을 상으로 주었다. 그러자 지금까지 잠자코 시치미를 떼고 있던 신부가 비단을 빼앗으며 말했다.

"방귀는 내가 뀌었는데 왜 자네가 상을 받는단 말인가?"

방귀 한 번 더

한 스님이 길에서 여인을 만났다. 생각이 달라진 스님은 아무 계책이 없었으나 여인의 뒤꽁무니를 쫓아가다가 시비를 걸었다.

"계집이 버릇없이 함부로 방귀를 뀌느냐?

하고 말하자 여인이 노하여 스님에게 말했다.

"고얀 중놈이로군!"

그러자 스님도 꺾이지 않고 말했다.

"버릇없이 방귀를 뀌니 괘씸한 행위로군……."

여인 역시 끝까지 굴하지 않았다. 그러자 스님이 앞을 가리키며 말했다.

"그러면 저기 신령스러운 부처님이 계시니 알아보면 될 거 아니냐?"

그러자 여인도 옳고 그른 것을 가려야겠다고 생각하고 함께 부처님 처소로 갔다.

스님은 으슥한 탑 뒤로 가서는 강제로 여인을 누르고 극음(極淫)에 도달하고 말았다. 일이 끝나고 돌아가게 되자 여인이 스님을 바라보며 말했다.

"여보 스님, 내 방귀 한 번 더 뀔까요?"

여자의 말에 스님이 크게 웃으며 제 갈 길을 갔다.

복 있는 방귀

새로 시집을 온 며느리가 처음으로 시아버지와 시어머니를 뵙게 되었다.

며느리가 아름답게 화장을 하고 어른들 앞에 나아갔다. 옆에 서 있던 일가친척들이 모두 칭찬해마지 않았다.

그런 자리에서 신부가 매무새를 고치며 옮겨 앉으려고 한 번 엉덩이를 쳐든 순간 뜻하지 않게 '뽕' 하고 방귀가 나와 모두 입을 가리고 웃었다. 이에 며느리가 난처하게 되자 시어머니가 큰 소리로 말했다.

"오 오, 복이 많구나. 내 새 며느리야, 나 역시 초알 때에 이와 같더니 오늘날까지 자손만당하고 늙도록 아무 탈 없이 지냈으니 이것은 복 조짐이로구나."하고 며느리의 부끄러움을 씻어 주었다. 그러자 며느리는 입가에 부끄러움을 씻고 시어머니께 말했다.

"어머님, 아까 가마에서 내릴 때도 뀌었습니다."

그러자 시어머니가 또 거들었다.

"응, 그것은 더욱 좋구나. 복 위에 복을 더했으니 그거야말로 첩복이구나."라고 칭찬이 더해지자 며느리가 또 말했다.

"이젠 너무 방귀를 뀌었더니 속옷 밑이 칙칙하여 깨끗지 못한 것 같습니다."하고 거듭 아뢰었다.

"응, 그것 봐. 그것은 첩첩복이라 한다."

그러자 모인 사람들은 모두 입을 다물고 말았다.

또 방귀를 뀌었소

사령이 전립을 쓰고 활보하며 오는데 과히 밉지 않은 여인이 김을 매고 있는 것을 보고 갑자기 음욕이 동해 수작을 부렸다.

"여긴 안방도 아닌데 어찌 함부로 방귀를 뀌는고!"

김을 매던 여인은 고함소리에 잠시 놀랐지만 태연히 다시 김을 매며 대꾸했다.

"보리밥을 먹고 종일 김을 매는 사람이 어찌 방귀가 나오지 않겠소."

사령은 짐짓 눈을 무섭게 부릅뜨고 여인의 팔을 잡아끌며 다시 호령했다.

"방귀를 뀌는 자를 잡아들이라는 관명이 있었다. 자, 가자!"

여인은 그제야 겁을 먹고 기가 꺾여 애걸을 하기에 이르렀다.

"다른 곳에도 방귀를 뀌는 사람이 있을 것이니 나를 눈 감아 주고 다른 사람을 잡아 간다면 그 은혜가 막중할 것입니다."

"그렇다면 내가 그대의 청을 들어주면 그대도 또한 내 청을 들어주겠는가? 그렇지 못하겠다면 잡아 갈 수밖에 없다."

"네, 사양치 않겠습니다."

사령은 회심의 미소를 머금고 여인을 이끌고 보리밭 속으로 들어가 운우를 즐긴 다음 짐짓 한마디를 덧붙였다.

"또다시 방귀를 뀌면 내 다시 오겠소."

여인은 묘한 웃음을 띠운 채 대꾸하질 않았다. 사령이 옷을 털고 돌아서서 멀리 길로 올라서자 여인은 큰소리로 사령을 불렀다.

"왜 그러는가?"

"내 지금 또 방귀를 뀌었소!"

사령은 소매를 흔들면서 대꾸했다.

"네가 잘못 방귀를 뀌어 이제 똥을 싼 게 아닌가?"

엘리베이터 안, 방귀 스토리

당황 : 여러 사람과 같이 있는데 방귀가 나오려고 할 때.

다행 : 그 순간 먼저 뀐 놈의 냄새가 풍겨 올 때.

황당 : 그 냄새에 내 방귀를 살짝 얹으려 했더니 방귀 소리가~ .

기쁨 : 혼자만 있는 엘리베이터에서 시원하게 한방 날렸을 때.

감수 : 역시 냄새가 지독했을 때(음, 나의 체취쯤이야~~).

창피 : 냄새가 가시기도 전에 다른 사람이 탔을 때.

고통 : 둘만 타고 있는 엘리베이터에서 다른 사람이 지독한 방귀를 뀌었을 때.

울화 : 그 방귀 뀐 놈이 마치 자기가 안 그런

양 딴청 피울 때.

고독 : 방귀 뀐 놈이 내리고 놈의 체취를 혼자 느껴야 할 때.

억울 : 그 체취가 채 가시기도 전에 다른 사람이 타면서 얼굴을 찡그릴 때.

울분 : 엄마 손잡고 올라탄 꼬마가 나를 가리키며 "엄마, 저 사람이 방귀 뀌었나 봐." 할 때.

허탕 : 엄마가 "누구나 방귀는 뀔 수 있는 거야." 하며 꼬마를 타이를 때.

민망 : 그러면서 그 엄마가 이해한다는 표정으로 나에게 살짝 미소를 전할 때.

명태족에서 사우나 개탄족까지

· 명태족 : 명예퇴직한 사람들의 통칭.

· 동태족 : 엄동설한에 명퇴를 당한 사람.

· 황태족 : 나만은 아니라고 생각했는데 어느 날 '황당' 하게 짤린 사람.

· 생태족 : 안 나가겠다고 울며불며 매달렸는데도 결국 '생매장' 당한 경우.

· 조기족 : 30대에 일찌감치 짤린 조기 명퇴자.

· 낙지족 : 끝까지 버텨 살아남은 사람.

· 알밴 명태 : 퇴직금에 두둑한 특별금까지 받은 사람.

· 매~앵태 : 월급만 겨우 받고 나온 사람.

· 아차족 : 명퇴 명단에 올라 있는 줄 알고 먼저 사표를 제출했는데 알고 보니 명단에 없는 사람.

· 고려장 : 출장지에서 짤린 사실을 알게 된 경우.

· 미시족 : 미치도록 시간이 많은 사람.

· 그리운 비둘기족 : 명퇴당한 후 공원에서 비둘기에게 모이주는 것을 업으로 삼았는데, 어느 날 비둘기가 다 날아가버려 그 일에서조차 명퇴당한 사람.

· 토사구팽족 : 안 짤리려고 자기가 가진 좋은 기획을 초반에 다 쏟아놓았다가 결국 '기획력 한계' 를 지적받아 짤린 사람.

· 사우나 개탄족 : 근무시간에 사우나 갔다가 사장을 만나 그 자리에서 짤린 사람.

우산 쓴 고추

어떤 부인이 남편이 없는 시간을 틈타 애인을 집으로 불러들여 신나게 즐기고 있었다.

그런데 갑자기 밖에서 남편의 차가 들어오는 소리가 나자 애인에게 급하게 말했다.

"서둘러요! 남편이 돌아오고 있어요. 빨리 창 밖으로 나가요!"

"밖에 비가 저렇게 쏟아지는데 어떻게 나가?"

"남편이 우릴 보면 둘 다 죽일 거예요!"

그래서 남자는 어쩔 수 없이 옷가지를 주워들고 창 밖으로 뛰어내렸다.

마침 밖에서는 시민 마라톤 대회가 열리고 있었다. 남자는 엉겁결에 사람들과 함께 뛰었다. 그러자 옆에서 뛰던 어느 노인이 물었다.

"젊은이는 항상 그렇게 다 벗고 뛰오?"

"예, 벗고 뛰는 게 편해서요."

"그 옷들도 항상 들고 뛰는 거요?"

"아, 예. 그래야 다 뛰고 난 다음에 옷을 입죠."

"그럼 그 콘돔도 항상 끼고 뛰는 거요?"

그러자 남자가 대답했다.

"비가 올 때만요……."

뒷간세

막동이가 서울 구경을 나왔다. 아침에 너무 급히 서두르다 보니 뒷간에 가지 않은 것이 이제야 속을 썩였다. 당장이라도 바지에 쌀 것 같아 이리저리 눈을 돌리다가 마침 대문이 조금 열린 집이 있어 들어갔더니 여종이 있었다.

"내가 똥을 쌀 지경이니 뒷간을 좀 빌려주시오."

"안채에 있는 뒷간밖에 없어서 안 됩니다."

"내가 돈 닷 냥을 주겠으니 잠깐만 빌려 주시오."

여종이 생각하니 돈 닷 냥이면 그동안 갖고 싶어도 비싸서 살 수 없던 박하분 하나 사겠다 싶어 돈을 받고 뒷간을 내주었다.

그러나 막동이가 뒷간에 들어간 지 한참이 되었건만 나올 생각을 하지 않았다. 여종은 아씨에게 들킬 것만 같아 불안했다.

"여보세요, 어디 아프신가요? 왜 나오질 않습니까?"

그러자 막동이 헛기침을 하고는 대답을 했다.

"전세를 들었으니 전셋값을 뺄 때까지는 기다려야지요."

"그런 법이 어디 있어요? 빨리 나오세요."

여종은 아씨에게 들키기라도 할까 봐 안달이 나서 뒷간 문을 두들겨 보지만 막동이는 나올 기미를 보이지 않았다.

"알았어요, 돈을 다시 돌려 줄 터이니 빨리 나오세요."

여종은 돈을 돌려주자마자 대문 빗장을 굳게 잠갔다.

밤새도록 오줌을 눈 김백곡

김백곡이가 여름철에 잠을 자다가 오줌을 누러 뒷간을 가려고 일어났다. 때마침 장마 기간이라 밖에 비가 내리므로 마루 끝에 서서 바지춤을 내리고 오줌을 누었다. 그런데 오줌 소리가 그칠 때가 지났는데도 끊이질 않자 김백곡은 바지도 올리지 못하고 계속 서서 오줌을 누었다.

닭이 울더니 곧 날이 밝았다. 사방이 환해져 자세히 보니 오줌 소리가 아니라 처마에서 낙수물 떨어지는 소리였다. 밤새 서서 오줌 누기를 했던 김백곡은 그제서야 바지춤을 올리고 아픈 다리를 질질 끌며 방 안으로 들어갔다.

시골 변소에서 변보는 요령

수세식 변소가 없던 60~70년대. 등산 마치고 갑자기 배가 아파 급한 김에 인근 민가 화장실에 가서 변을 보는데 자기 체형에 맞추어 나름대로 요령이 필요했다. 그 시절 시골 화장실이란 게 큰 드럼통 하나 묻어놓고 널빤지 두 개를 걸쳐 놓은 것인데 변기통에 오줌이 고여 있어 자칫하면 튀기 때문이다.

· 날렵한 사람 : 널빤지에 앉아 힘을 준 다음 덩어리가 밑에 떨어지기 전에 얼른 몸을 일으켜 피한다. 이를 굳이 영어로 표현하자면 Escaping Method라고 한다.

· 뚱뚱한 사람 : 신문지 또는 종이가 없으면 호박잎을 들고 앉아서 힘을 준 다음 나오는 덩어리를 받아 포장하듯 싼다. 이를 굳이 영어로

표현하자면 Packing Method라고 한다.

· 운동신경이 발달한 사람 : 앉아서 힘을 주어 한 덩어리 떨어뜨린 다음 튀어오르는 ㄸ물에 다시 한방 갈긴다. 이를 굳이 영어로 표현한다면 Hit & Counter Hit Method라고 한다.

· 시력이 좋은 사람 : 앉아서 자세히 아래를 보면 ㄸ물 사이에 섬같이 떠 있는 덩어리가 있는데 조준을 잘하여 힘을 준 다음 나오는 덩어리를 떠 있는 덩어리 위에 살짝 얹어 놓는다. 이를 굳이 영어로 표현하면 Floating Method라고 한다.

멘트 : '이를 굳이 영어로 표현하자면……' 을 반드시 덧붙인다.

섹스에 대한 남자의 세대별 반응

(섹스 전)

20대 : 자기가 제일 큰 척한다.

30대 : 자기가 가장 센 척한다.

40대 : 자기가 테크닉이 가장 좋은 척한다.

50대 : 아픈 척한다.

60대 : 자는 척한다.

70대 : 죽은 척한다.

(섹스 후)

20대 : 포개져 잔다.

30대 : 마주보고 잔다.

40대 : 나란히 잔다.

50대 : 등 돌리고 잔다.

60대 : 딴 방 가서 잔다.

70대 : 어디서 자는지도 모른다.

멘트 : 50대에 들어가면서부터는 섹스가 겁이 나지요.

섹스에 대한 기분

중학교 생물 시간. 질문 시간이 되자 복태가 평소 궁금하던 사랑에 대하여 질문을 해댔다.

복태 : 세임요, 남자와 여자가 섹스를 하면 어느 쪽이 더 기분이 좋습니꺼?

선생님 : 그 문제에 대하여 내는 이래 생각한다. 우리가 손가락으로 콧구멍을 쑤시면 코가 시원하겠나, 손가락이 시원하겠나 생각해 보그라. 그 이치와 똑같다고 생각한다.

복태 : 그라모 콘돔을 사용하여 할 때는 우예 됩니꺼?

선생님 : 마찬가지로 니가 장갑을 끼고 콧구멍을 쑤시봐라 기분이 어떤가, 그와 똑같은 이치라고 생각한다.

복태 : 세임요, 보통 여자가 생리중일 때는 섹스를 안 한다카는데 와 그렇십니꺼?

선생님 : 니 코피 난 콧구멍 쑤시봤나? 바로 그 이치와 같다고 생각한다.

복태 : 여자들이 강간 당할 때는 기분이 안 좋다카는데 와 그렇십니꺼?

선생님 : 그건 말이다. 복태 니가 길 걸어가는데 각중에 언놈이 달려들어 니 콧구멍을 쑤시면 니 기분이 어떻겠노? 내는 그 이치와 같다고 생각한다.

결혼한 남자의 의무

아름다운 젊은 여인이 의사를 찾아와 하소연했다. 결혼한 지 1년이 지났는데도 아직 남편과 성관계가 없다는 것이었다. 의사는 다음날 남편을 데리고 다시 오라고 했다.

이튿날 의사는 아내와 함께 나타난 남자에게 남편의 의무에 관해 열심히 설명했다. 그런데 이 남자, 도무지 의사의 말을 알아듣지 못했다. 이 답답한 남자를 어떻게 이해시켜야 할지 대책이 서지 않는 의사, 자기가 직접 보여 주겠다고 나섰다.

남편을 앞에 놓고 아름다운 부인과 진찰대 위에서 한바탕 일을 벌인 의사.

"결혼한 여자들은 적어도 일주일에 두 번은 이런 것이 필요하답니다."

주의 깊게 의사와 아내를 관찰하고 있던 남편,

"잘 알겠습니다, 선생님. 그럼 다음 치료는 금요일에 와서 받기로 하겠습니다."

알다가도 모를 일

여름 정기 음악회 시즌이 시작되어 첫 공연이 있던 날. 지휘자의 턱수염 속에 아늑한 보금자리를 마련하고 있던 벼룩 한 마리. 연주가 시작돼 126개의 악기들이 요란한 소리를 내자,

도저히 시끄러워 견딜 수가 없어, 조용한 새 피난처를 찾아 나섰다.

그래서 찾아간 곳이 하프를 연주하는 아가씨의 앞가슴 계곡.

그러나 거기도 시끄럽기는 마찬가지였다. 그래서 아래로 더듬어 내려가다가 조용하고 따뜻한, 안식처로는 아주 그만인 숲을 발견하고 그곳에 정착했는데…….

어느 날 다시 요란한 악기 소리가 들려 오는 바람에 깊은 잠에서 깨어난 벼룩 정말 알다가도 모를 일이었다.

다시 지휘자의 턱수염 속에 와 있는 것이 아닌가!

눈에 띄지 않는 곳

병원에 장티푸스 예방주사를 맞으러 온 아가씨.

"선생님. 눈에 띄지 않는 곳에다 놓아주세요."

"그러려면, 먼저 선불을 하셔야 합니다."

"아니, 어째서요?"

"지난번에 아가씨처럼 예쁜 손님에게 눈에 띄지 않는 곳에다 주사를 놓아준 적이 있었거든요. 그런데 얼마나 열중했던지 나중에 돈 받는 걸 잊었지 뭡니까."

외상으로 하지요, 뭐

이웃집 여자가 못 보던 다이아몬드 목걸이를 한 것을 본 여자. 그 비싼 것을 어떻게 장만했느냐고 물었다.

"우리 그이가 사랑을 청할 때마다, 5만 원씩 받아서 그 돈을 모아 샀어요."

그 날밤 남편이 바싹 다가오자, 여자는 먼저 5만 원부터 내놓고 시작하라고 했다. 바지 주머니를 뒤적거리던 남편은 4만5천 원밖에 없다며 투덜댔다.

"그럼. 맛보기로 그쳐야 해요."

그러나 일단 시작되자, 도저히 그만둘 수가 없어진 여자. 남편 귀에 대고 속삭였다.

"여보, 5천 원은 외상으로 적어 두겠어요."

다른 일할 틈이 없었겠군요!

동네의 한 부인이 세 쌍둥이를 낳았다. 마을 여자들이 그 집에 축하 인사를 하러 모였다.

"의사가 그러는데, 세 쌍둥이는 3천4백 번에 한 번 정도의 확률이라고 하더군요."

산모의 말을 듣고 있던 한 여자가 감탄 섞인 어조로 물었다.

"어머나, 세상에. 그러면 집안일 할 시간도 없었겠군요?"

내 마누라는 50프랑 짜리

결혼 30주년 기념으로 아내와 함께 파리로 여행을 온 중년 사업가. 쇼핑에 끌려 다니는데 지쳐 하루만 쉬게 해 달라고 마누라에게 애걸했다. 마누라한테서 해방된 남자는 어느 술집에서 예쁘장한 거리의 아가씨와 눈이 맞았다.

곧 흥정이 시작되었는데 아가씨는 200 프랑을 요구하고 남자는 50 프랑 이상은 줄 수 없다고 고집, 결국 협상은 결렬되고 말았다.

그날 저녁 아내를 데리고 고급 레스토랑에 들어선 사업가. 지배인의 안내를 받아 테이블에 앉고 보니, 몇 시간 전에 흥정을 벌였던 그 아가씨가 바로 옆 테이블에 앉아 있는 것이었다. 남자와 눈이 마주친 아가씨는 일어나더니 그들 부부의 테이블 앞에 와서 멈춰섰다.

그리고는 부인을 아래위로 한 번 훑어보았다.

"이봐요, 손님. 쩨쩨하게 50프랑 짜리만 찾더니 꼴 좋군요."

이루어질 수 없는 사랑

예의바르고 조금은 소심한 청년.

사랑하는 여자에게 생일 선물로 장갑을 사고는, 카드에 인사말 몇 줄을 급히 적었다.

"몇 번 데이트를 하면서 당신이 이것 없이 다니는 걸 알게 되어, 생일 선물로 골랐습니다. 이것은 안팎으로 사용할 수 있으니 더러워져도 세탁할 필요 없이 뒤집어 착용하면 됩니다. 나는 회사에 급한 일이 생겨 며칠 출장을 다녀오게 되었습니다. 생일파티에 참석해 이걸 착용해 보면서 미소짓는 그대의 얼굴을 보지 못하는 것이 정말 안타깝습니다."

그런데 이 카드를 받아 든 여점원, 엉뚱한 꾸러미에 카드를 넣어 배달했다.

청년이 사랑하는 그녀가 선물의 포장을 풀었을 때, 상자에서 나온 것은……

다름 아닌 실크 팬티였다.

3층이 붐비는 이유

장삿속이 빠른 마담이 손님들의 다양한 취향을 고려해 전혀 새로운 형태의 유흥업소를 개업했다. 3층건물 전체를 영업장으로 꾸미고 각층별로 특징을 살렸다.

1층에는 능률적으로 일하는 것이 몸에 밴 일류 여비서 출신들을,

2층에는 미모를 위주로 선발한 일류 전직 모델들을,

3층에는 지성적으로 깐깐한 전직 여교사들을 배치한 것이다.

그런데 이상한 것은, 하루 이틀 지나자 점차 손님들이 3층에만 몰리기 시작하는 것이었다.

알 수 없는 노릇이라고 고개를 갸우뚱하는 마담에게 단골손님이 수수께끼를 풀어 주었다.

"마담, 당신도 선생들 성미를 잘 알잖수.

잘못하면 제대로 할 때까지 몇 번이고 되풀이 해서 시키는 것 말야."

여자를 꼬시는 말

1. 100원 빌릴 수 있을까?
   왜?
   내가 꿈에 그리던 여자를 만나면 엄마에게 전화하기로 했거든.
2. 너의 아빠는 도둑이니?
   아니.
   그럼 너의 아빠는 어떻게 별빛을 훔쳐서 너의 눈에 넣은 거니?
3. 너 밤새도록 나의 꿈에서 뛰어다녔는데 발 안 아프니?
4. 그녀의 옷 상표를 본다.
   그럼 그녀가 뭐하냐고 물으면,
   네가 천사표인지 보려고.
5. 너는 첫눈에 반한다는 걸 믿니? 그렇지 않으면 내가 다시 네 옆으로 지나갈까?

6. 만약 잘생긴 게 죄가 된다면 넌 체포되어서, 구속되고 그리고 평생을 감옥에서 살 거야.

빌 게이츠, 외계인을 물리치다

어느 날 평화로운 뉴욕에 거대한 그림자가 하늘에 나타났다. 그들은 우리의 지구를 노린 외계 생물체였다. 시카고, 워싱턴, 심지어…… 제주도까지 커다란 우주선으로 세력을 뻗쳐 왔다. 그들과 타협도 시작하기 전에 그들은 레이저와 짱돌을 무기로 미 국방성을 공격해 왔다.

미국의 클린턴은 1급 비상경계령을 선포하고 1급 비밀 작전을 지시했다. 그 작전은…… 마이크로 소프트사의 빌 게이츠를 특수부대원과 외계인의 전함으로 보내 적의 메인 컴퓨터를 파괴하는 것이었다.

빌 게이츠와 요원들이 떠난 지 정확히 12시간 만에 무전이 왔다.

"적의 메인 컴퓨터가 너무 복잡합니다. 시간이 좀 필요합니다."

클린턴은 전 세계의 모든 기지가 파괴되는 것

을 보며 소리쳤다.

"잔말 말고 빨리 다운시켜!"

1시간 후 다시 무전이 왔다.

"적의 메인 컴퓨터가 다운됐습니다."

그 말이 끝나자 적의 전투정들이 후퇴를 했다. 무사히 백악관으로 도착한 빌 게이츠를 위한 축하 파티가 열렸다. 소주로 나발을 부는 빌 게이츠에게 클린턴이 물었다.

"역시 자네군, 아니 어떻게 컴퓨터를 다운시켰나?"

"Win 95를 깔았는데요."

다시 평화로운 세상이 돌아왔다. 그런데 30일쯤 자났을까? 다시 세력을 키운 외계인들이 쳐들어왔다. 클린턴은 화가 나서 빌 게이츠를 불렀다.

"아니 이게 무슨 일인가? 자네가 분명히 다운시켰다고 했는데!"

"제가 깔았던 것은 30일 베타 버전인데요."

비 오는 날의 택시

어떤 택시 기사가 비가 오는 날 늦은 밤에 차를 몰고 외진 시골길을 가로질러 시내로 들어가고 있었다. 그러다가 마침 손님이 있어서 태우고 보니까 그런 음산한 날씨에 하필 소복을 입고 머리를 풀어헤친 창백한 여자였다. 표정이 음산해서 겁이 나기도 했지만 달리 태울 손님도 없었기 때문에 할 수 없이 그냥 가기로 했다.

"아저씨…… ○○동 ○○빌딩 뒤쪽의 ○○번지로 가 주세요……."

가끔은 이렇게 기분이 쓸쓸한 날도 있겠거니 하고 택시 기사는 별 생각없이 택시를 몰아서 여자가 부탁한 곳으로 갔다. 비는 계속 오고 있었다.

"다 왔습니다."

"저, 아저씨…… 잠깐만…… 기다려 주실래요? 안에 들어가서…… 돈을 가지고 나올게요……."

'돈도 없이 탔나? 젠장!' 혼잣말을 해보지만 할 수 없는 노릇이었다.

"그러세요."

그리고는 택시 기사는 여자가 집안으로 들어가는 걸 확인하고 나오길 기다렸다. 하지만 아무리 기다려도 그 여자는 나오지 않았다. 그래서 택시 기사는 그 집 문을 두드려서 사람을 불렀다.

"저, 여기 방금 택시 타고 온 젊은 여자 빨리 좀 나와서 택시비 달라고 그러세요."

"네? 젊은 여자요? 여기 그런 사람 없는데요."

"머리 길고 하얀 소복 입고, 예쁜 얼굴에 창백한 피부, 그리고……."

"네? 혹시…… 잠깐만 따라 들어와 보실래요?"

택시 기사가 들어가 보니 그 집은 제삿날이었는데 죽은 사람은 택시 기사가 태우고 온 바로 그 여자였다.

황당함에 관하여

살면서 이럴 때는 정말 황당할 것이다.

1. 밥 먹다 돌 씹었는데 생이빨이 부러져 버릴 때 그 황당함.
2. 하품하다 갑자기 턱이 빠졌을 때 그 말못할 황당함.
3. 햄버거 먹다가 고기 사이로 반만 남은 바퀴벌레를 발견했을 때의 그 황당함.
4. 코 후비다가 쌍코피 팍! 터졌을 때의 그 황당함.
5. 아무 전화번호나 마구 돌려 장난 전화를 걸었는데 갑자기 아는 사람이 받을 때의 그 황당함.
6. 화장실에서 볼일 보고 있다가 갑자기 문을 연 사람과 직통으로 눈알이 마주쳤을 때의 그 황당함.
7. 목욕탕에서 어린 꼬마가 어른 거시기를 붙잡고 안 미끄러지려고 발버둥칠 때의 그 황당함.
8. 커피잔에 담뱃재를 털고 모르고 그걸 마셨을 때의 그 황당함.

9. 고스톱에서 내가 광 팔면 꼭 나가리될 때의 그 허무함과 황당함.
10. 자판기 앞에서 피같은 동전으로 커피 뽑아 먹으려고 돈을 넣었는데 컵 없이 쏟아져 나왔을 때의 그 황당함.
11. 만원 지하철에서 발 밟은 놈이 되려 날보고 인상쓸 때의 그 황당함.
12. 영양젠줄 알고 훔쳐먹은 알약이 피임약임이 밝혀졌을 때의 그 황당함.
13. 아침에 출근해 보니 내 자리가 사라져 버렸을 때의 그 황당함, 그 허무함.
14. 애인이 생일 선물로 임신했다는 소식을 선물할 때의 그 황당함.
15. 겨우 꼬신 여자와 거리를 걸어가고 있는데 옛날 애인이 갑자기 나타나 듣도 보도 못한 애를 안고 "자기!" 하며 앞을 가로막았을 때의 그 황당함.
16. 나이트클럽 갔다가 구석에서 여자를 꼬시고 있는 아버지와 직통으로 눈이 마주쳤을 때의 그 황당함.

17. 깽판치다 잡혀온 경찰서 보호실에서 먼저 들어와 구석에 쭈그리고 앉아 있던 옛날 담임선생님을 만났을 때의 그 황당함.
18. 뒷모습이 아는 사람 같아서 "야 임마!"하고 뒤통수를 후려갈겼는데 인상쓰며 돌아선 사람이 아버지였을 때의 그 황당함.
19. 몸매도 괜찮고 얼굴도 이뻐서 꼬신 여자가 게이임이 밝혀졌을 때의 그 황당함.
20. 정말 순진한 여자가 갑자기 "빠구리가 뭐야?"라고 물었을 때의 그 황당함과 당황함. 만약 설명해주었을 경우 그녀는 당신을 어떻게 생각할 것인가.
21. 방귀 뀌다 설사 나왔을 때의 그 황당함.
22. 작은 거 보려고 화장실에 서서 힘주는 데 계속 방귀만 빵!빵! 터져 나올 때의 그 황당함.
23. 전철에서 졸다가 옆에 앉아 같이 졸던 사람과 서로 심하게 박치기를 하고 나서 서로를 향해 인상쓰며 쳐다볼 때의 그 황당함.
24. 점심에 사우나 가서 옷을 벗었는데 자신이 여자 팬티를 입고 있음을 깨달았을 때의 그 황당함.

매번 파트너가 다르답니다

남편과 함께 가축 전시회에 온 여인. 종우를 돌보고 있는 사람에게 소들이 일주일에 몇 번씩이나 그 구실을 하느냐고 물었다.

"네, 다섯 번 합죠."

이 말을 들은 여인은 멸시에 찬 눈으로 남편을 쳐다보았다.

"그것 봐요. 한 주에 세 번은 대단한 것도 아니라구요."

자기 때문에 남자가 마누라에게 당하고 있는 것을 눈치챈 종우 관리인. 얼른 한마디 덧붙였다.

"하지만, 부인. 종우는 그때마다 다른 암놈을 상대합니다요."

내 방으로 오세요

호텔 엘리베이터 앞. 한 청년이 급하게 엘리베이터를 타려다가 한 아가씨의 앞가슴을 팔꿈치로 들이받았다.

"이거, 정말 미안합니다. 아가씨 마음이 그 앞가슴처럼만 부드럽다면 용서해주실 것 같은데……"

"용서하구 말구요. 그런데 당신 팔꿈치만큼 다른 데도 단단하시다면, 613호실로 오세요."

비교되는 남자

흥분한 남자 : 바지가 반쯤 돌아가 있어서 지퍼를 찾을 수 없자 바지를 찢고 소변을 보는 남자.

사교적인 남자 : 소변이 마렵든 안 마렵든 친구를 따라가 소변을 보는 남자.

사팔뜨기 남자 : 옆 사람과 무언가를 비교하느라 자꾸 눈이 좌우로 돌아가는 남자.

겁쟁이 남자 : 누군가 지켜보고 있으면 소변을 볼 수 없어 변기의 물을 내리고 나중에 다시 오는 남자.

무차별한 남자 : 만약 모든 변기가 사용중이면 세면대에다 소변을 보는 남자.

불안증 남자 : 자기 물건이 최근에 잘 있는지 확인해 보는 남자.

어린애 같은 남자 : 소변 줄기를 변기의 위, 아래 그리고 좌우로 휘둘러대며 열심히 파리나 벌레를 맞추려고 애쓰는 남자.

스포츠형 남자 : 변기 2미터 후방에서 소변을 보더라도 정확히 변기에 분출시킬 수 있는 남자 .

꽃가게 점원형 남자 : 모든 변기에 돌아가면서 조금씩 볼일을 보는 남자.

정신 나간 남자 : 웃옷을 벗고 넥타이를 꺼내고는 팬티에다 소변을 보는 남자.

터프한 남자 : 소변을 털어내기 위해 그걸 변기에다 탕탕 치는 남자.

참을성 있는 남자 : 오랫동안 변기 앞에 서서 물건이 마를 때까지 기다렸다가 다른 손으로 말랐나를 확인하는 남자.

효과적인 남자 : 대변 마려울 때까지 기다렸다 두 가지를 한꺼번에 해결하는 남자.

술 취한 남자 : 오른손으로 왼손 엄지손가락을 붙잡고 팬티에 소변보는 남자.

난감한 남자 : 한참 동안 소변이 나오기를 기다리다가 포기하고 가는 남자.

기만적인 남자 : 3센티짜리 물건을 야구방망이 잡듯이 붙잡고 서 있는 남자 .

황당한 남자 : 차례를 기다리며 이를 악물고 서 있다가 팬티에다 실례하는 남자.

뻔뻔한 남자 : 소변을 보면서 조용히 방귀를 뀌고는 아무 일 없다는 듯 옆 사람의 얼굴을 빤히 쳐다보는 남자.

비교하면 "당황"

트럭 뒤에서 똥을 싸는데 트럭이 앞으로 나가면 "황당"

트럭이 뒤로 오면 "당황"

똥을 누려고 힘을 주다가 방귀가 나오면 "허무"

방귀를 뀌려다 힘을 주었는데, 똥이 나오면 "당황"

남자와 여자, 이렇게 다르다

"남자는 함께 목욕을 하고 나서 친해지고 여자는 친해지고 나서 함께 목욕을 한다."

"남자는 80%는 자신이 잘생겼다고 생각하고 여자는 80%는 자신이 뚱뚱하다고 생각한다."

"남자는 여자들만 있는 곳에 못 가지만 여자는 그 반대다."

"남자는 울 때 하늘을 보고 울고 여자는 울 때 거울을 보고 운다."

어찌 된 사연 하나!

다리가 하나밖에 없는 불구자가 있었다. 그는 하는 일마다 성사되는 일이 없고 늘 자신을 향한 사람들의 손가락질을 견디다 못해 끝내 자살하기로 맘먹었다. 자살할 마음을 먹고 낭떠러지를 찾아갔다. 그런데 그곳에서 이상한 광경을 목격하게 되었다. 두 팔이 없는 불구자가 비실비실 웃으며 춤을 추고 있는 것이었다. 그래서 물었다. "내는 다리가 하나밖에 없는 것이 서러워 자살할러 하는데 너는 두 팔이 없는데 머이 좋다고 춤을 추고 웃고 있소."

그러자 불구자가 말한다.

"너도 똥구가 간지러워 봐라!!!"

섹시 고추 하나!!

할아버지가 고추 푸대를 시장에 팔려고 혼잡한 버스를 타는데 섹시 여자 앞에 서서 하는 말.

"섹시, 다리 좀 벌려요."

"할아버지, 왜요?"

"왜긴, 고추 좀 넣으려고 그러지."

그렇게 가다가 버스가 신호등에 걸려 급정거를 하는 바람에 고추 푸대가 쓰러지자 할아버지 왈,

"섹시, 미안해요. 고추 좀 세워줘."

한참 가다가 또다시 급정거를 하자 이번에는 고추 푸대가 넘어지면서 고추가 몇 개 빠져나와 바닥에 떨어졌다.

"섹시, 고추가 빠졌네. 좀 집어 넣어주면 고맙겠구먼."

"어떻게 집어요."

"두 손으로 집어."

"소중한 물건이야."

이 색시 얼굴이 홍당무가 되어 얼굴을 들지 못하고 있는데 마침 옆에 앉아 있던 할머니가 하는 말.

"아이, 할아버지. 고추가 참 실하네요. 나는 어디 가서 저런 고추를 구하나……."

"옛날에 많이 있었는데."

"지금도 구할 수 있나요."

"지금은 다 말라서 없어."

섹시 고추 둘!!

어느 시골 산 속에 두 형제의 가정이 있었다. 산자락에 식용작물인 고추를 심어 쏠쏠하게 수입도 괜찮아 두 가정이 오순도순 잘 지내고 있었다.

어느 날 장날, 시숙과 제수는 고추를 팔러 장에 갔다. 장이 다 끝나 가는데 제수씨의 고추는 다 팔리고 시숙 고추는 아직 많이 남아 있었다. 막차 버스 시간은 다가오고 버스를 놓치면 1시간 정도 걸어야 하고 해서 마음이 급해졌다.

걱정이 된 제수씨. 드디어 시숙의 고추를 팔기 시작했는데 마음이 급한지라 큰 소리로 외쳐댔다.

"우리 시숙, 고추 사이소."

"우리 시숙 고추는 크고 좋아예."

"우리 시숙 고추는 살도 많고 달고 맛있어예."

"우리 시숙 고추 사이소……."

"고추를 든 섹시 어디에다 담아가요."

"지금 담아가도 되요."

섹시 고추 셋!!

마중 나갔던 섹시한 여인이 기다리는 도중에 화장실에 갔더니 유료였는데, 남녀 간에 요금 차이가 있었다. 즉 남자는 500원, 여자는 1,000원 아주머니는 관리인에게 따졌다.

"남녀 다 똑같이 일보는데 왜 여자는 배로 받나요?

입석(立席)과 좌석(座席)은 요금이 다르지 않습니까."

일행은 도박장으로 갔다. 이번에는 정반대의 요금이었다.

즉, 여자는 500원, 남자는 1,000원.

"왜 화장실 요금이 남자한테는 두 배인가요?"

"당신은 흔들었잖아."

"고스톱에서 흔들면 두 배니까."

"여기는 터지면 크게 터져."

"터지면 커."

섹시 고추 넷!!

섹시 남자가 무료하여 돗자리를 들고 아파트 옥상으로 책을 보러갔는데…….

겨울 동안에 햇빛을 보지 못했다는 생각이 들어서 너도 햇빛을 보라는 생각이 들었다.

그것을 햇빛을 쏘이고 있는데 봄볕이 너무 좋아 책을 읽다가 춘곤을 못 이기고 잠이 들어버렸다.

그 때 아래층에 사는 섹시 여자가 이불을 널려고 올라왔다가 그 광경을 보고 깜짝 놀라며 비명을 질렀다.

"아니, 지금 뭐하는 거예요? 섹시 남자 씨!"

화들짝 놀란 섹시 남자는 벌떡 일어나더니 당황과 민망스러움에 겨우 한다는 소리가…….

"시방 고추 말리는 중이지유……."

그 말을 들은 섹시 여자가 어이없다는 듯이 피식 웃더니 치마를 걷어올리고 속곳을 내리고는 섹시 여자는 옆에 와서 살포시 눕는 게 아닌가.

"아니~ 남녀가 유별한데 청천대낮에 뭐하는 짓이래유? 시방유?"

"떡 본 김에 제사 지낸다구 나도 고추 푸대말릴라구유……."

그 날 오후 공교롭게도 둘은 엘리베이터 안에서 만났다. 섹시 남자는 오전 일이 민망하여 고개를 떨구고 있는데 섹시 여자가 옆구리를 쿡 찌르며 하는 말.

"고추 다 말렸으면 인자 푸대에 담지유……."

머리카락 분신

손오공과 삼장 법사가 길을 가다 저만치 앞에 수많은 요괴들의 무리가 있는 것을 발견했다. 손오공은 즉각 '머리카락 분신권법'을 이용해 여러 명의 손오공을 만들어 내 요괴들과 싸우기 시작했다.

열심히 싸우다 얼핏 보니 웬 나이 드신 할아버지께서 열심히 싸우고 계신 것 아닌가?

눈물이 날 만큼 고마워진 손오공은 성함이라도 알아보려고 그 할아버지께 누구시냐고 여쭤보았다.

그러자 그 할아버지 하시는 말씀.

"주인님, 저 새치인데요……."

꿩 한 마리

어느 날 람보가 사냥을 하러 갔다.

하루 종일 아무것도 못 잡고 실의에 빠져 내려오던 람보는 꿩 한 마리가 날아오르는 것을 보았다. 즉시 놓치지 않고 총을 쏘아 맞혔다. 그러자 꿩은 오르막 고개 너머로 떨어졌고 람보는 꿩이 떨어진 곳으로 뛰어갔다.

그런데 거기에서 어떤 늙은 할아버지가 나뭇짐을 지게에 지고 가는데, 자기가 잡은 꿩이 그 지겟짐 위에 실려 있는 것이 아닌가!

"저 할아버지. 이 꿩은 제가 총을 쏘아 잡은 것인데요?"

"무슨 밀이여? 이 꿩은 내가 돌을 던져 잡은 건데."

"네? 헤헤, 뭔가 착각하신 모양이시군요. 여기를 보세요. 여기에 총알 맞은 자국이 있잖아요?"

"이게 무슨 총알 맞은 자국이야? 돌 맞은 자국이지. 난 원래 돌을 좀 세게 던져."

"아니, 이 할아버지가……?"

람보는 기가 차고 화도 났지만, 상대가 늙은 노인인지라 힘으로 싸울 수도 없어서 계속 입씨름을 했다. 하지만 쉽게 결판이 나지를 않았다. 그렇다고 오늘 겨우 한 마리 잡은 꿩을 포기하기도 아쉬웠다.

그러다가 두 사람은 내기를 해서 이긴 사람이 꿩을 갖기로 했다. 그 내기는, 서로 똥침을 다섯 번씩 찔러서 참아내는 사람이 이기는 것이었다.

"누가 먼저 찌를래? 내가 먼저 찌를까?"

할아버지가 먼저 공격하겠다고 했다. 람보는 할아버지를 얕보고 먼저 하라고 그랬다.

"준비됐어?"

"예, 준비됐습니다. 오세요."

람보는 똥침을 맞기 위해 엉덩이를 내밀고 허리를 숙인 자세로 기다렸다. 그러자 할아버지는 10미터 뒤에서 전속력으로 달려와서는 똥침을 찔렀다.

"흐~악!"

이건 정말 장난이 아니었다.

두 번째는 할아버지가 20미터 밖에서 달려와 똥침을 찔렀다. 그 다음에는 30미터, 40미터, 마지막에는 50미터까지! 그 엄청난 고통을 참으면서 람보는 굳게 다짐했다.

결코 지지 않으리라.

"음, 잘 참아내는군."

"뭐, 이 정도야…… 자, 이젠 할아버지가 대실 차렙니다."

"알았어, 얼마든지 오라구."

그리고는 할아버지가 엉덩이를 내밀고 허리를 숙여 버티고 섰다. 람보는 이를 부드득 갈며 아예, 처음부터 100미터 밖에서 출발했다. 전속력으로 달려서 전방 5미터에서 최대의 가속도를 끌어낸 순간, "잠깐!"

할아버지가 람보를 세우더니 하는 말,

"저 꿩, 니 가져 가라."

고속 질주

어떤 사람이 차를 타고 가다 보니 람보가 오토바이를 타고 달리는데 워낙 속도를 내면서 달리고 있었기 때문에 그 뒤에 앉아 있는 아들이 금방이라도 떨어질 것처럼 위험해 보였다. 걱정이 되어 계속 따라가면서 지켜 봤더니 아니나 다를까 결국에는 그 아들이 오토바이 뒷좌석에서 떨어져 막 우는 것이었다.

"여보세요, 람보 씨! 당신 아들이 떨어져서 울어요!"

그러자 람보는 오토바이를 세우고 아들을 데리고 와 다시 오토바이 뒤에 태웠다. 그러더니 아무렇지도 않게 물었다.

"야, 엄마는 어디 갔냐?"

전자오락광의 유언

전자오락을 너무나 좋아한 사람이 있었다.

그는 평생을 전자오락에만 미쳐서 살았다. 하지만 그도 죽음만은 피할 수 없었다. 임종이 가까워 오자 아들은 그래도 아버지라고 그 전자오락광의 곁을 떠나지 않았다.

그리고는 아무래도 아버지가 더 이상 살 수 없다고 생각되자 울면서 물었다.

"아버님, 마지막으로 남기실 말이나 부탁하실 말씀은 없으세요?"

그러자 아버지는 모든 기운을 다 모아서 간신히 다음의 한 마디를 남기고 곧바로 세상을 떠났다.

"애야, 너는 죽을 때 꼭 폭탄을 다 쓰고 죽도록 해라……."

컴맹의 의문

어떤 컴맹이 있었다.

그 컴맹은 대학에 입학해서 처음으로 컴퓨터를 사용하게 되었다. 수업시간에 그리고 다른 친구들로부터 컴퓨터 사용에 대한 설명을 잔뜩 들었지만 실제로 컴퓨터를 사용해 볼 기회가 없다가 마침내 큰맘 먹고 컴퓨터를 장만해서 가동시켰다. 컴퓨터를 배운 대로 운용하는 데 큰 무리는 없었다.

그러다가 A 드라이브에 디스켓을 넣었는데 화면에 돌연 경고문이 나왔다.

'General failure in reading drive A' 라고.

그러자 그 학생은 심각한 표정을 지으면서 이해할 수 없다는 듯이 말했다.

"페일류어 장군이 누군데 내 A 드라이브를 읽고 있지?"

당구와 무엇과의 공통점

1. 예전에는 대학교 때 처음 시작했는데 요즘은 고등학교, 중학교 때 한다.
2. 혼자서 연습하는 것은 공짜다.
3. 혼자서 연습을 많이 하면 실력이 늘어난다.
4. 어려운 포지션은 허리를 잘 쓰면 해결된다.
5. 시작하기 전에 큐대가 휘어졌는지를 검사한다.
6. 세게 찍어 치면 다이가 찢어질 위험이 있다.
7. 기술이 늘어갈수록 예전보다 더 많이 쳐야 끝난다.
8. 끝난 후에는 손을 꼭 씻는다.
9. 보통 한 게임에 이삼십 분이 걸린다.
10. 몰아치면 더 빨리 끝날 수도 있다.
11. 항상 다음 포지션을 염두에 두고 쳐야 고수가 된다.
12. 계속해서 오랜 시간을 하면 다리가 후들거린다.
13. 하다 보면 밤을 샐 때가 많다.

14. 처음 만난 사람과는 긴장된 마음으로, 오래된 사람과는 편안한 마음으로…….
15. 고수일수록 부드럽게 친다.
16. 초보일수록 잘 끊어 친다.
17. 초보는 겨냥을 엉뚱한 데다 한다.
18. 하다 보면 시간 가는 줄 모른다.
19. 토요일 밤 같은 경우는 다이가 없어서 못할 때가 많다.
20. 긴 다이와 짧은 다이가 있다.
21. 교본이 많이 있지만 실전이 제일 중요하다.
22. 자기 것 안 치고 다른 것을 치면 죽는다.
23. 다른 다이의 공이 더 좋다고 그걸 치면 안 된다.
24. 개인큐는 남이 못 쓰게 잘 보관한다.
25. 다 치면 끝난다.
26. 요구르트를 주는 데도 있다.
27. 처음에 맛들이면 하루도 안 빠지고 하고 싶다.
28. 요즘은 비디오 교본도 나온다.
29. 같이 할 사람만 있으면 밤낮을 안 가리고 할

수 있다.

30. 큐걸이는 꽉 조여 주는 것이 좋다.
31. 가위 바위 보로 순서를 정하는 나쁜 사람들도 있다.
32. 군발이들이 휴가를 나오면 단체로 하고 들어간다.
33. 외국의 다이는 우리나라 것보다 크다.
34. 사오십 대가 되면 한 달에 한 번 칠까 말까 한다.

사는 보람

그녀는 매우 아름다운 처녀였지만 연인이 베트남에서 전사하여 고독에 휩싸여 울고 있었다.

마침내 그녀는 자살을 하려고 알몸이 되어 권총을 가슴에 겨누었다. 하지만 아름다운 유방의 부풀음을 찌부러뜨리는 게 슬퍼서 총구를 숙여 배로 가져갔다.

하지만 사랑스럽고 근사한 허리를 망가뜨리는 게 섭섭해서 다시 총구를 숙였다. 그러자 자신도 모르는 사이에 총신이 깊이 들어가 버렸다.

이건 곤란하다고 몇 번인가 뽑아내려 하고 있는 동안에 그녀는 이상하게도 살 희망을 되찾았다.

타이피스트

타이피스트가 타이프를 치면서 지껄이고 있었다.

"새로 온 비서과장은 정말 미남이야. 첫눈에 온몸이 마비되는 것 같았어."

"나도 그래. 옷 입는 솜씨도 스마트하고."

그때 세 번째의 타이피스트가 끼어들었다.

"그래, 게다가 옷을 벗는 게 정말 빨랐어."

크게 다르다

결혼을 곧 맞을 제인이 그 길의 선배인 안나에게 물었다.

"음, 그때의 느낌이 약혼 시절과 결혼한 다음이 어떻게 다르니?"

"물론 크게 달라. 소파가 침대가 되고 낮이 밤이 될 뿐만 아니라 아무리 시간이 걸려도 태연하니까."

보이 헌트

"지난 밤 영화관에 갔는데 지독한 일을 당했어."

OL이 친구들에게 이야기했다.

"왜, 어떻게 됐는데? 사내가 손장난이라도?"

"으음. 하지만 그게 다섯 번이나 자리를 바꾸고 나서야."

벗는 값

묘령의 처녀가 약국에 들어가 10센트 동전을 넣고 체중을 잿다.

바늘은 65kg를 가리켰다.

"어머, 이럴 리가 없어!"

하고 그녀는 중얼거리며 오버를 벗고 재고, 구두를 벗고 재고, 다시 바지를 벗었다. 그러더니,

"이거 어쩌지? 동전이 없지 않아."

하고 말했다.

그러자 옆에 있던 한 신사가 동전 대여섯 개를 주면서.

"아가씨. 이걸 써요."

양손

젊은 여자를 한 손으로 안고 다른 한 손으로 차를 운전하고 있는 사내를 발견한 순찰차의 순경이 뒤쫓아 와서 차를 세우고 말했다.

"양손을 써요. 양손을!"

그러자 사내가 곤란하다는 얼굴을 하고 대꾸했다.

"하지만 양손으로 이 여자를 안으면 운전을 할 수 없지 않습니까."

방법 없음

“나 이제 결혼생활이 싫어서 견딜 수가 없어.” 하고 젊은 재클린이 친구에게 푸념을 했다.

“어째서?”

“바로 반년 전에 결혼하고는 잭이 한 번도 안아 주질 않아.”

“그럼 이혼해 버려.”

“그게 안 되는 거야. 잭은 내 남편이 아니니까 말야.”

노할 때

헐리웃에서 촬영 사이에 '여자가 남자에게 화를 내는 것은 어떤 때인가'에 대한 한 설문조사가 화제가 되었다.

어떤 여자는 '돈을 충분히 주지 않을 때'라 했고, 다른 여자는 '사내가 성질을 부릴 때'라고 했다.

거기에 대단한 인기 여배우가 끼어들더니,

"그건 뜻밖에 침실에 뛰어들어 할 일은 안 하고 돈을 빌려 달라고 했을 때야."

하고 말했다.

선중일기

영국의 호화여객으로 대서양을 건넌 미국의 여배우의 일기에 이렇게 적혀 있었다.

화요일 – 아무 일도 없었음.

수요일 – 선장과 만났다. 스마트한 미남자이다.

목요일 – 선장이 자꾸만 내 마음을 사로잡았다.

금요일 – 선장과 오랜 동안 갑판을 산책했다.

토요일 – 선장은 내가 자기의 희망에 따르지 않는다면 배를 침몰시키겠다고 말했다.

일요일 – 선내 안식.

월요일 – 나는 8백 명의 생명을 구했다.

무용지물

세일즈맨 잭이 비행기 시간에 늦어 할 수 없이 집으로 돌아왔다. 그런데 침실에서 아내가 얼핏 불량배 같은 사내에게 몸을 맡기고 있었다.

잭은 깜짝 놀라 고함쳤다.

"메리! 어째서 사내를 침실에 끌어들였지?"

"아무것도 아니에요."

아내가 대답했다.

"이 사람이 종을 울리며 무엇인가 남편이 쓰지 않는 것을 달라고 해서요."

사내는 걸인이었던 것이다.

회춘의 기쁨

70세가 된 할아버지에게 손자가 찾아왔다.

"오오, 필립. 씩씩하구나."

"네, 물론입니다."

"몇 살이 되지?"

"스무 살입니다."

"그럼 애인도 있겠지?"

"네, 넷입니다."

"오오, 그거 굉장하군. 그 넷과 어느 정도 만나지?"

"매일입니다."

"그래도 몸이 잘 견디는구나."

"잘 아는 의사가 강정제를 만들어 줍니다."

"그래? 그 강정제를 내게도 좀 나누어 줄 수 있겠니? 좀 시험해 보고 잘 들으면 50달러를 주겠다."

할아버지는 그 강정제로 회춘의 기쁨을 맛본

모양이었다. 손자가 그 결과를 들으려고 가니까 1백 50달러를 주었다.

"할아버지, 50달러로 약속했는데요?"

"음, 덤인 1백 달러는 할머니의 사례다. 또 부탁하자꾸나."

모범적인 사내

미국의 일간신문이 현상금을 걸고 보다 성실하며 품행이 단정한 사내를 모집했다.

대륙의 구석구석에서 몇만의 편지가 쇄도했는데 그 중에 이런 것이 있었다.

"나는 한 방울의 술도 마시지 않으며 담배도 피우지 않습니다. 물론 섹스도 않습니다. 집안에 문지기를 두어 여자와도 만나지 않습니다. 그리고 매일 열심히 일하며 극히 평화스럽고 규율 바른 생활을 하고 있습니다. 밤에는 일찍 자고 아침에는 일찍 일어나며 영화도 극장도 구경가지 않으며 일요일에는 빠짐없이 미사에 나갑니다. 이러한 청정무구한 생활이 이제 4년이나 계속되겠지요. 내 형기는 5년이니까요."

야심이 없는 사람

"메리, 한 번만이라도 좋으니까 나에게 키스 좀 해 줘. 나, 네가 좋아 참을 수가 없어."

워싱턴 대학 2년생인 스미스가 신입생인 메리에게 필사적으로 설득했다. 그러나 메리는 얼굴을 돌리고 내뱉듯이 말했다.

"싫어! 한 번으로 좋다는 그런 야심이 없는 사람, 난 질색이야, 넌 미국인이 아냐."

한번 더

한 사내가 로스차일드 가의 한 아들을 찾아와서,

"당신은 내 딸 카잘린에게, 열일곱의 순진한 처녀에게 손을 대어 그 아이가 임신을 하였으니 그 책임을 지시오."

"좋습니다. 출산 비용 일체를 부담하고 아이를 낳으면 매월 5천 달러의 양육비를 드리지요. 그러면 되겠습니까?"

"네, 좋아요. 다만, 만일 딸아이가 유산을 하면 다시 한 번 기회를 주십시오."

때린다

"미남 아저씨, 놀다 가요. 10달러예요."

밤의 뒷골목에서 여인이 속삭였다.

"음, 그래도 좋지만 난 여자를 때리는 버릇이 있어, 그때에."

"그럼 20달러예요."

"하지만 난 지독하게 때리는데?"

"어머, 무서운 사람. 그럼 30달러."

남자는 승낙하고 여자의 방으로 가서 30달러를 주었다.

그런데 일이 진전되어도 전혀 때리지 않자 여인은 걱정이 되어,

"당신, 왜 안 때려요?"

하고 물었다. 그러자 사내는,

"이제 그 차례야. 좀 전의 그 30달러를 그대로 돌려주지 않으면 돌려줄 때까지 때리겠어."

처녀증명서

워싱턴 대학에서 윤리시간에 교수가 학생들의 풍기문란에 분개.

"이 클라스의 여학생 중에 한 명이라도 처녀가 있는가!"
하고 개탄하였다.

메리는 크게 화가 나서 강의를 마치자 곧 산부인과로 달려가 처녀증명서를 받아다 이튿날 그 교수에게 내밀었다.

하지만 교수는 그 증명서를 흘끗 바라보더니 비웃듯이 외쳤다.

"이게 무슨 소용이 있어? 이건 어제 날짜가 아닌가!"

기록 돌파

젊은 사내가 새로 낚은 여자의 옷을 부지런히 벗기고 있었다.

앞으로 왔다 뒤로 갔다 하면서 지퍼를 내리고 끈을 풀며 손이 어지럽게 움직이고 있었다.

그런데-

여자는 시계를 손에 들고 시간을 재고 있었다. 이윽고 여자가 완전히 알몸이 되었다. 그 순간 여자는,

"15분 30초! 고마워요. 당신이 기록을 깼어요. 지금까지의 기록 보유자인 쥬르는 16분 30초였거든요!"

아들 증명

샤르르는 10세의 아들이 있다. 이름은 도넌.

그는 일찍이 학교에서 성교육을 받았지만 역시 나이가 나이여서 모르는 점이 많아 혼자서 이것저것을 공상하며 씨름했다.

도넌은 마침내 참지 못하고 아버지에게 물었다.

"아빠, 아빠는 내 아빠라는 걸 증명할 수 있어?"

샤르르는 깜짝 놀라서,

"도넌, 그런 건 장난으로도 묻는 게 아냐."

하고 나무랬다. 도넌은 고개를 갸웃거리더니,

"어어, 아빠도 증명할 수 없구나."

하고 실망한 듯 중얼거렸다.

샤르르는 아내를 절대로 믿고 있지만, 그건 아이에게 증명이 될 수 없어서 머리가 터지도록 생각한 끝에 마침내 해답을 얻었다.

"아니다. 그건 간단한 일이야. 넌 아빠를 많이 닮았지 않니? 그것이 증명이야."

하지만 도넌은 얼굴을 찌푸리며 중얼거렸다.

"그럼 내가 신부를 얻어 아이를 낳아도 그건 아빠의 아이일지도 모르잖아요?"

치한

지하철 속에서 젊은 처녀가 획 돌아서더니 소리를 꽥 지르며 뒤에 서 있던 중년 남자의 따귀를 때렸다.

중년 남자는 뺨을 어루만지며,

"내가 무얼 잘못했습니까?"

하고 물었다.

"아무것도 안했어요. 이미 10분 전부터 왜 내 엉덩이를 치켜세웠어요!"

"허허 알았어요. 그럼 함께 다음 역에서 내려 호텔을 찾읍시다."

남편과 아들

지당의 아내 - 남편은 여자만 보면 손을 대니 길에서 아이들이 놀고 있는 걸 보면 혹시 지당의 자식이 아닌가 하고 생각할 정도야.

마리우스의 아내 - 그 정도면 그래도 괜찮아. 난 왜인지 내 배를 아프게 한 세 아이가 이웃집 남자의 아이 같은 기분이 들 정도야.

올리브의 아내 - 그래서 난 이웃 남자의 아이들만을 낳기로 하고 있어.

고양이

아직 팔팔한 중년 부인이 두 아이에게 천연두 주사를 맞히기 위해 의사를 불렀다. 부인은 주사를 마치자,

"내게도 주사해 주시지 않겠어요?"

"물론입니다, 부인."

그녀는 스커트를 걷어올리고 희뿌연 탄력 있는 넓적다리를 드러내 놓았다. 거기에 고양이란 놈이 냉큼 뛰었다. 그것을 보고 부인은,

"선생님, 내 이 암고양이에게도 주사해 주세요."

그러자 의사는 당혹해서 손을 흔들며 대답했다.

"어림없어요. 내 나이로는 아무래도 아무래도!"

증인

시골의 젊은이가 부녀 추행죄로 기소되어 법정에 섰다.

목격자는 열 살밖에 되지 않은 어린아이였다. 그 아이를 불러서 본 것을 자세히 이야기하게 했다.

"이 아저씨가 저 아주머니를 잡고 스커트를 머리끝까지 올렸어요. 그러더니 팬티를 벗기고 땅바닥에 넘어뜨리고 위에 올라탔어요."

"그래서 어떻게 했지?"

"그리고는 엉덩이를 흔들기 시작하기에, 나는 저리 가라는 신호라고 생각해서 저쪽으로 갔으니까, 그 다음 일은 아무것도 못 보았어요."

예쁜 용기

구두시험에서 선생이 의학과 학생에게 물었다.

"모유가 동물의 젖보다 우수한 이유를 들어 보게."

학생은 한참을 생각하고 있더니 이렇게 대답했다.

"첫째로 용기가 훨씬 아름답습니다."

누구의 아들

초등학교 1학년생인 토토는 대단한 개구쟁이어서 어떻게 손을 쓸 수가 없었다. 어머니가 지쳐서,

"정말 골치 아픈 아이다. 넌, 토토. 넌 도대체 누구의 자식이기에 그 모양이냐?"
하고 한숨을 쉬었다.

그러자 토토가 갑자기 풀이 죽어서,

"속상해, 내가 누구 자식인지 어머니도 모르다니."
하고 슬퍼했다.

콜 걸

콜걸이 형사부장에게 조사를 받고 있었다.

"주소, 성명은?"

여자는 교태가 넘치는 얼굴로,

"어머, 그건 알려드려도 소용이 없을 거예요. 어차피 형사부장님 정도에선 나를 부를 돈이 없을 테니까요."

레스의 극치

보드레일에서 '저주받은 여자들' 로 불리우는 여자들만이 가는 나이트클럽의 마담이 탐방기자에게 즐거운 사랑의 추억을 얘기했다.

"이름은 말할 수 없지만 어떤 젊고 아름다운 부인이 광란의 하룻밤 뒤에 내 가슴에 파고들며 당신의 아이를 낳고 싶다!라고 말했지요."

토토의 생각

시골의 친척이 무더기로 파리 구경을 와서 듀랑의 집에 묵게 되었다.

있는 대로의 방을 침실로 하여 어떻게 잘 곳을 만들었으나 사촌인 여덟 살의 토토는 재울 데가 마땅치 않아 자기의 외동딸인 브랑슈와 함께 재우기로 했다. 브랑슈는 열여덟 살이었다.

그런데 토토가 이렇게 말하며 거절했다.

"안 돼요. 난 누나와 자기엔 아직 어려요."

인간의 명예

장과 쟌느는 사촌 사이로 고교 2년과 1년생이다. 어릴 때부터 매우 친했다.

오늘도 두 사람은 나란히 목장을 가로지르는 길을 따라 돌아오고 있었다.

때는 봄. 푸르른 초원에서 염소 한 쌍이 일을 벌이고 있었다. 장은 그것을 보고,

"어때, 우리 둘이서 저 양처럼 해 볼까?"
하고 유혹했으나,

"싫어!"
하고 쟌느는 돌아보지도 않고 대꾸했다.

한참을 가니 이번에는 한 쌍의 개가 같은 짓을 하고 있었다. 장은 그것을 보고, "어때, 우리 둘이서 저 개처럼 해 볼까?" "싫어!"

다시 한참 가니 돼지 한 쌍이 같은 짓을 하고 있었다.

"어때, 저 돼지처럼 할까?"

"싫어!" 하더니 얼마쯤 걸어가다가 쟌느는 멈춰서서 말했다.

"나, 양이나 개나 돼지 따위 동물의 흉내를 내는 건 싫어. 하지만 어머니와 아버지처럼 하는 거라면 좋아."

갈라진 금

어쩐지 지하실 바닥이 축축했다. 포도주 통이 갈라져 새고 있는 모양이었다.

신부는 하녀를 데리고 지하실로 가서 벽에 줄지어 서 있는 통을 열심히 조사했으나 어디서 새는지 통 알 수가 없었다. 그리하여 하녀에게 통 위에 배를 걸치고 통 뒤쪽을 살펴보도록 일렀다.

하녀는 통 위에 배를 걸쳤는데 스커트가 덜렁 걷어 올려졌다.

익살스러운 신부가,

"마리, 갈리진 금을 찾았어!"

하고 고함쳤다.

"어머! 잘 됐어요. 빨리 매워 주세요. 신부님."

신부는 기꺼이 대답하고 갈라진 금을 메워 주었다.

모델

한 화가가 아틀리에에서 아름다운 모델 아가씨와 즐겁게 얘기를 주고받고 있었다.

돌연 열쇠 구멍에서 열쇠가 돌아가는 소리가 들렸다. 그러자 화가는 당황해서 말했다.

"이거 안 되겠어. 틀림없이 아내야. 서둘러 옷을 벗으라구!"

불임증

제임즈 부부가 의사를 찾아 결혼 후 몇 년이 지났으나 아이를 낳지 못하고 있다고 호소했다.

의사는 호르몬요법을 권했으나 반 년이 되어도 효과가 없었다. 그래서 수술밖에 방법이 없다고 생각해서 먼저 부인을 수술하기로 하고 남편의 입회를 허락했다.

아내는 수술대에 올랐고 간호원은 예의 그곳의 숲을 헤쳤다.

그러자 남편이 얼간이처럼 소릴 질렀다.

"이게 어떻게 된 거야! 숲 속에 그런 입이 열려 있으리라고는 생각조차 못했어요!"

로맨틱

브라운이 금발의 실비어와 친해져 어느 날 밤 테임즈 강의 다리 부근에서 만나 레스토랑으로 식사를 하러 갔다. 그리고 꽤 취해서 공원으로 갔다.

살랑살랑 바람이 부는 신록의 계절, 실비어는 숨이 막힐 것 같은 신록의 향기에 잔뜩 취해 로맨틱하게 브라운을 끌어안고 긴 키스를 했다. 그리고 흥분한 소리로 중얼거렸다.

"어머, 벌레가 울고 있어요. 무슨 벌렐까요? 참 로맨틱해요."

그러자 브라운이 한결 억세게 그녀를 끌어안으며 속삭였다.

"벌레소리가 아냐, 저건 말이야. 남자들이 바지의 지퍼를 내리는 소리야."

배멀미

아직 젊은 여자가 약국엘 오더니,

"이번에 퀸 엘리자베스 호로 세계의 바다를 돌게 되었는데 배멀미 약 10상자와 콘돔 20상자를 주세요."

하고 말했다.

약제사는 두 물건을 건네주고는 혼자 중얼거렸다.

"그렇게 배의 요동에 약하면서 어째 그보다 훨씬 흔들리는 것을 하려는 거지?"

이변

만찬회 후에 많은 손님들이 널따란 정원을 한 바퀴 산책하기로 했다. 달빛조차 없는 칠흑같이 어두운 밤이었다.

젊은 필립은 곁에서 걷고 있는 여인의 몸을 와락 껴안고 그 귀에 정열을 담아 속삭였다.

"난 당신을 사랑하고 있습니다. 이미 당신에게 빠졌습니다. 만일 허락하지 않는다면 나는 죽어 버리겠습니다. 레오노라양!"

그리고는 상대의 입에 혀를 밀어넣었다.

여자는 남자의 정열에 압도되어 마침내 나무에 기댄 채 기나긴 포옹을 했다. 여인은 최후를 위해 숨을 몰아쉰 후 작은 소리로 말했다.

"당신이 너무 서둘러서 말할 틈이 없었지만 나는 레오노라가 아니라 레오노라의 어머니예요."

"아, 어머니입니까, 그거 근사한데!"

필립은 또다시 여자를 끌어안더니 뜨거운 입술을 밀어 넣었다. 여자는 도연한 채 상대가 하는 대로 맡겼다.

어젯밤

일요일 아침, 멍하니 눈을 뜬 아내가 아직도 꿈속을 헤매면서 남편에게 안기어 들며 달콤한 소리로 속삭였다.

"당신, 어젯밤 정말 좋았어요."

"무슨 잠꼬대야, 메어리. 난 철야로 포커를 하고 막 돌아와서 베드에 들어왔을 뿐이잖아?"

"네?"

브라운

스미스와 제임즈가 귀가길에 바에 들러 위스키를 들이키면서 지껄였다.

마침내 얘기가 여자에 대한 것에 이르자 제임즈가 말했다.

"엊그제 들은 얘긴데. 영국 여자의 눈은 대체로 엷은 블루이지만 남편의 눈을 속이고 바람을 피우기 시작하면 블루가 브라운으로 변한다는 거야."

스미스는 맑은 블루의 아내의 눈을 떠올리면서 듣고 있었다.

그로부터 잠시 후 집에 돌아오니 아직 그럴 시간도 아닌데 아내는 베드에서 조용히 자고 있었다.

스미스는 그 잠든 얼굴을 보면서 제임즈의 얘기가 퍼뜩 생각나자 아내의 눈꺼풀을 살짝 열어 보았다.

그러더니 돌연,

"브라운이야!"

하고 큰소리로 외쳤다.

그러자 베드 밑에서 친구인 브라운이 기어나오더니,

"어떻게 나라는 걸 알았지?"

하고 물었다.

공주

영국 왕실의 젊은 공주가 유서도 깊은 대공가의 손자와 결혼하게 되어 웨스터민스터 사원에서 성대한 식을 올렸다.

공주는 물론 섹스의 '섹' 자도 모르는 순진무구한 처녀였지만 대공가의 손자는 그 길의 베테랑.

그 리드 솜씨는 서행하다가는 속행, 속행하다가는 서행, 손가락을 쓰고 - 날이 밝을 무렵엔 공주는 쾌감의 절정에 올라가 있었다.

마침내 이웃방에서 숨을 죽이고 동정을 엿듣고 있던 여관들의 귀에도 공주의 절규가 들려왔다.

"참으로 좋아요. 참으로 좋아요! 숨이 넘어갈 것만 같아요. 이렇게 좋은 것은 서민들의 여인들에겐 분에 넘쳐요. 엄히 금지시켜야만 해요."

여심

버나드 쇼가 런던의 한 고귀한 부인에게 물었다.

"가령 10만 파운드를 주겠다고 하면 당신은 사랑하지도 않는 남자와 하룻밤을 같이 자겠습니까?"

"물론 기꺼이."

"5만 파운드라면?"

"거절하지요. 그런데 어째서 그런 것을 묻지요?"

"실은 대영제국의 최고위 층 여성이 얼마에 몸을 파는가를 조사하고 있는 중입니다."

올드 미스

상당히 나이가 든 올드 미스가 그린 파크에서 치한에게 걸려 욕을 보았다.

그녀는 치한을 벌해 달라고 경찰에 고소했다.

그로부터 3개월이 지났을 때 경찰에서 치한을 잡았으니 확인해 달라는 연락이 왔다.

치한은 그녀의 얼굴을 보자 싱글싱글 웃음을 띄우며 말했다.

"어떤 여자가 고소를 했나 했더니 당신이었군. 그날 밤 당신은 전혀 싫은 빛이 아니었지 않은가? 한 번도 아니고 세 번이었으니까."

"그건 그래요. 하지만 처음으로 남자의 사랑을 받은 거예요. 그런데 당신은 비열해요. 다음 데이트 약속도 없이 뺑소니를 치다니! 실례라고 생각되지 않나요?"

차와 여자

거스틴이 운전을 잘못해서 사고를 냈다. 다행히 부상은 당하지 않았으나 보닛이 아코디언처럼 찌부러져 버렸다.

그는 차에서 겨우 빠져 나오면서,

"이거, 빌린 것이 이 모양이니……."

하고 걱정이 되어 중얼거렸다.

거기에 젊고 예쁜 여자를 대동하고 지나가던 신사가,

"맞아요. 차와 여자는 남에게 빌려 주지 말라고 했어요."

하고 참견을 했다.

그러자 거스틴은 그의 여자를 힐끔힐끔 바라보면서 대꾸했다.

"여자는 걱정없습니다. 당사자에겐 상처 하나 내지 않고 그대로 고스란히 돌려드릴 테니까요."

최음제

노 남작과 결혼하게 된 마음씨 고운 폴레트는 걱정이었다.

'영감이 연로해서 첫날밤에 만족할 수 있을까' 하고.

그래서 아는 약국으로 가서 사정을 이야기하자 효력 발군이라는 환약 한 상자를 주며 놀기 전에 두 알만 먹게 하라고 했다.

이튿날 폴레트는 다시 약국에 와서,

"참으로 훌륭한 밤이었어요! 남작님은 두 알로는 부족하다고 하면서 한 상자를 모두 드셨어요. 그리고 일곱 번이나 나를 사랑해주고 오늘 아침, 대만족해서 숨을 거두셨어요! 모든 것이 당신 덕분이에요."

쾌락

한 여자대학에서 중년의 여교수가,

"여러분, 여자에겐 전조가 가장 소중합니다. 사내의 유혹을 받게 되면 한 시간의 쾌락을 위해 일생을 엉망이 되어도 좋은지 어떤지를 가슴에 손을 얹고 생각해 봐야 해요."

하고 말하며 흑판에 커다란 글씨로 '정조' 라고 썼다.

그리고 돌아서니 교탁 위에 작은 종이쪽지가 올려져 있었다. 무심히 손에 들고 보니,

"교수님, 쾌락을 한 시간이나 가질 수 있는 방법을 가르쳐 주세요."

라고 씌어 있었다.

산타클로스가 작은 연돌을 겨우 내려갔는데 그 방에는 전라의 근사한 여인이 혼자 자고 있었다.

"제기랄! 또 틀렸군!"

하고 그는 중얼거렸지만 자고 있는 미녀를 한참 바라보는 동안에 진퇴가 분명치 않은 소리로 말했다.

"곤란하군! 이 여인에게 무엇인가를 하면 난 이제 천국에 갈 수 없을 테고, 그렇다고 아무것도 하지 않고 가려면 이놈이 걸려 연돌을 오를 수가 없지 않아!"

후불

매우 매혹적인 젊은 여자가 제한속도를 훨씬 넘는 속도로 차를 몰고 있었다.

백차가 달려와 차를 세우고 포켓에서 수첩을 꺼내 조서를 받으려고 했다.

그러자 여인이 교태를 보이며 말했다.

"어머, 지금 어음을 끊을 필요는 없어요. 돈은 호텔에 가서도 좋아요."

10회분

여자는 손님을 자기 방으로 데리고 가자,

"의자 위라면 10마르크, 침대라면 1백 마르크 예요."

하고 말했다.

그러자 손님은 1백 마르크를 나이트 테이블에 올려놓으며,

"알았소. 그럼 의자 위에서 10회 분이요."

만년필

헌츠가 의사의 진료를 받고 나오면서 난처한 얼굴을 했다.

좀 부끄러운 그곳의 병원인데 그것을 1주일 동안 매일 밤 밀크컵에 담그라는 지시를 받았기 때문이었다.

할 수 없이 집으로 돌아온 그는 욕실에 틀어박혀 의사의 말대로 하고 있었다.

그 때 아무것도 모르고 들어오던 아내가 눈이 휘둥그래져,

"어머 그걸! 만년필처럼 빨아들이는 거군요!"

구멍과 마개

술통을 만드는 빌헬름에겐 어여쁜 딸이 있었다.

그는 잘못되면 안 되겠다고 걱정해서 서둘러 딸을 결혼시키기로 했다.

그래서 4명의 사내를 뽑았으나 누가 좋은지 판단을 내릴 수가 없었다.

그래서 자기 생업의 후계자로 알맞은 자로 정하자고 생각해서 술통의 마개를 만들어 보게 했다.

각자에게 작은 나무토막을 주니 세 사람은 당장 일에 착수했으나 한 사람은 그것을 받으려고조차 하지 않았다. 그가 이상하게 생각해서,

"자네는 마개를 만들지 않겠는가?"

하고 물었다.

"아니 구멍도 보여 주지 않고 마개를 만들라니 그 자체가 무립니다!"

현미경

"으음, 당신은 무엇이든 잘 아니까 묻는데, 현미경이 뭐지?"

"그건 무엇이든 크게 하는 기계야."

"그래, 이제 알았어. 왜 우리 주인이 내 손을 현미경 같다고 하는지를 말이야."

테크닉

한 사내가 아내가 잘 다니는 산부인과 병원을 찾아가 원장에게 호소했다.

"아내가 몸이 무거워지고부터는 전혀 만족하지 않으니 어떻게 안 되겠습니까?"

"그건 곤란하겠지. 당신은 손가락을 쓰나요?"

"아니오, 손가락 따위는 안 씁니다."

"그러니까 느끼지 않는 거요. 부인은 임신한 뒤로 물건보다 손가락에 민감해진 모양이오. 실제로 내가 진찰하는 중에도 세 번이나 느껴서 애를 먹었으니까요."

어떤 포즈

한 처녀가 진통을 일으켜 산부인과로 운반되어 왔다. 의사가 진찰을 한 다음에 말했다.

"자, 용기를 내요. 좀 힘든 모양이니까요. 무사히 출산하는 가장 좋은 방법은 임신하지 않았을 때의 자세를 취하는 것이오."

그러자 처녀는 통증으로 끙끙거리면서 왼발을 두 손으로 얼굴 가까이까지 끌어올리고 오른발을 비틀어 밖으로 꺾은 뒤에 머리를 뒤로 젖혔다.

의사가 놀라서,

"묘한 자세군요!"

하고 말하자 처녀가 대답했다.

"내 연인의 폭스바겐의 좁은 조수석에선 이런 자세가 아니면 사랑을 할 수가 없어요.

대신에

어린 처녀가 의사에게 와서,

"선생님, 선생님은 임신하지 않는 방법을 아시지요?"

하고 물었다.

"물론 알고 있어요. 컵 가득히 와인을 마셔요."

"전에 말입니까, 후에 말입니까?"

"아니오. 전도 후도 아니오. 대신이에요."

더듬음

아름다운 부인이 자수사에게 와서,
“이 솟 팬티에 문자를 수놓아 주세요.”
“어떤 문자지요?”
“이 문자를 읽었으면 손을 빼시오.”
“그럼 서체는 무엇으로 할까요.”
“점자로 해 줘요.”

배신

미국 샌프란시스코 차이나타운의 화교 한 사람이 그 지방 재판소에 와서 이혼을 하겠다고 신청했다. 판사가 그 이유를 밝히라고 하니까 이 중국인은 자못 분개한 어조로 한숨에 말을 쏟아냈다.

“우리 살림살이가 밀 심어해서 밀 나와 했써. 시금치 심어해서 시금치 나와 했써. 또 보리 심어해서 보리 나와 했써. 나 중국살람이 심어 했써. 그런데 백인 나와 했써. 나. 못 참아! 우리 살람이 이혼해야겠써.

망각

적군이 마을을 뺑 돌아 포위한 가운데 식량이 차츰 떨어지기 시작하였다.

끝내 집집마다 아끼고 아끼던 곡식이 바닥이 날 때쯤 해서는 자기 집에서 기르던 개를 잡았다. 오랜만에 포식을 한 후에 한 아낙네가 식탁에 그득히 쌓인 개 뼈다귀를 바라보며 혼자 중얼거렸다.

"아이구, 우리 개가 살아 있으면 이 뼈를 맛있게 먹을 텐데……."

백수생활 백서

- 가끔 전화가 와도 바쁘다고 말한다.
- 오후 늦게 일어나 창문을 열고 따뜻한 햇살을 보면 가끔 눈물이 난다.
- 패스트푸드 점 메뉴 중 세일하는 세트의 목록을 꿰고 다닌다.

현대 착각 백서

- 방송사들의 착각 : 걸 그룹 타라나 소녀시대가 나오면 시청률이 올라가는 줄로 착각한다.
- 인터넷 광고회사의 착각 : 광고창을 계속 뜨게 만들면 언젠가는 접속하는 줄로 착각한다.
- 연애 안 해본 남자의 착각 : 상대가 원하는 것은 무엇이든지 해줄 수 있을 걸로 착각한다.
- 남자들의 착각 : 여자가 자기를 쳐다보면 자신에게 호감이 있는 줄로 착각한다.

솔직히 나 정도면 괜찮은 남자인 줄로 착각한다.
여자들이 싫다고 하면 공연히 튕기는 줄로 착각한다.
못 생긴 여자는 꼬시기 쉬운 줄로 착각한다.
임자 없는 여자는 다 자기 여자인 줄로 착각한다.

●여자들의 착각

남자가 자기한테 먼저 말을 걸면 관심이 있는 줄로 착각한다.

남자가 같은 방향으로 가면 관심이 있어 따라오는 줄로 착각한다.

●실연을 한 사람들의 착각

자기 케이스가 세상에서 제일 비참한 줄로 안다.

영화에서나 벌어질 수 있는 일이 자신에게 벌어진 줄로 착각한다.

●엄마들의 착각

자기 애가 머리는 좋은데 공부를 안 해서 공부를 못 하는 줄로 착각한다.

●담배 피우는 사람들의 착각

자기는 마음만 먹으면 언제든지 담배를 끊을 수 있다고 생각한다.

●초등학생들의 착각

자기는 서울대학교에 갈 수 있다고 생각한다. 아무리 못해도 연고대는 갈 수 있다고 생각한다.

유언장

유언장의 공증을 받으러 온 노신사에게 변호사가 물었다.

"이 유언장에는 돌아가신 후에 바다에다 묻어달라고 하셨는데, 정말 바다에 묻어달라는 것입니까?"

"그렇소이다."

"왜 하필이면 바다에 묻어 달라고 하십니까?"

"아니 마누라가 요즘 사흘이 멀다 하고 내가 죽으면 무덤에서 춤을 추겠다고 하니 어디 한번 바다에서 춤을 춰 보라고 하지요 뭐…… 젠장!"

교장과 여선생과의 대화

어느 날 여교사가 늦게까지 남아서 잡무를 보다가 혼자서 교정을 빠져나가고 있었다. 그 때 마침 교장선생도 차를 몰고 퇴근을 하고 있었다. 같은 방향이니 차에 타라고 권하는 교장선생의 말에 여교사는 할 수 없이 동승하였다.

차가 정지신호에 걸리자 교장선생이 여교사에게 나지막한 목소리로 물었다.

"마징가?"

여선생은 뭐라고 할 말이 없었다.

다시 계속해서 달려가다가 또다시 정지신호에 걸리자 교장선생이 물었다.

"마징가?"

여선생은 이번에는 대답을 해야 될 것 같아서 조용히 말했다.

"Z"

뜬금없는 대답에 교장선생은 이번에는 이렇게 물었다. "그럼, 막낸가?"

괜찮아유

젊고 늘씬한 아가씨가 과수원을 지나가다가 아름다운 호수가 나타나자 주위를 살펴본 다음 수영을 하기 위해 옷을 벗었다. 마지작 팬티까지 벗은 그 아가씨가 호수에 뛰어들려는 순간, 숲속에 숨어 있던 과수원 관리인이 나타나서 말했다.

"여기는 수영이 금지되어 있습니다."

화들짝 놀란 아가씨는 옷으로 몸을 가리면서 말했다.

"그러면 옷을 벗기 전에 말씀해주시지."

그러자 관리인은 씩 웃으면서 말했다.

"옷을 벗는 건 괜찮아유."

시체들이 웃는 이유

시체실에 시체 세 구가 들어오고 있었다. 그런데 시체들이 모두 웃고 있었다. 깜짝 놀란 검시관이 물었다.

"시체들이 왜 웃고 있죠."

"네, 첫 번째 시체는 로또 1등에 당선되어서 너무 좋아하다가 심장마비로 죽었고, 두 번째 시체는 자식이 처음으로 전교 1등을 해서 너무 기뻐하다가 심장마비로 죽었기 때문에 웃는 거죠."

"그러면 세 번째 시체는 왜 웃는 거죠?"

"네, 벼락에 맞아 죽었는데, 사진 찍는 줄 알았다나요."

이두암

한 환자가 배가 아프다고 하여 병원을 찾아왔다. 진찰을 마친 다음 의사가 진단서에 이두암이라고 적은 것을 보고 환자는 놀랐다. 그래서 그 환자는 침통한 심정으로 의사에게 물었다.

"제 병에 대해서 솔직하게 말씀해 주세요."

"걱정하실 것 없습니다. 음식을 드시다가 체해서 그러니 저녁을 드시지 않거나 아니면 죽을 드세요."

거짓말을 하고 있다고 생각한 환자는 진지하게 말했다.

"선생님, 솔직하게 말씀해 주세요. 이두암에 걸리면 몇 달이나 살 수 있습니까?"

그러자 의사는 빙그레 웃으면서 말했다.

"제 이름이 이두암입니다."

아이는 언제 화가 나는가

싼 데다가 또 싸게 한다. "요즈음 기저귀가 참 좋다."라고 하면서.

누가 먹었는지 아무리 빨아도 젖이 안 나올 때.

아무 데서나 훌렁 벗기고 기저귀 갈 때.

자기가 낳고서도 "이 애는 누구를 닮아서 이렇게 못생겼나?" 할 때.

엄마 아빠도 겨우 말할 정도인데 "작은 할아버지"하고 해보라고 할 때.

혈액형 모임

A형, B형, AB형, O형 이렇게 네 명의 친구가 같이 밥을 먹고 있었다. 혼자 생각이 많은 AB형이 밥 먹다 말고 갑자기 밖으로 뛰쳐나갔다. 호기심 많은 O형이 무슨 일인지 알아보기 위해 바로 좇아나갔다. 남의 일에 신경 쓰지 않는 B형은 그냥 묵묵히 먹던 밥을 계속 먹고 있다. 소심한 A형이 B형에게 물었다.

"혹시 나 때문에 나간 거니?"

송사리 가족의 소풍

송사리 가족 다섯 마리가 소풍을 갔다. 송사리 가족들이 한참 신나게 놀다 보니 가족 수가 늘어난 것 같았다. 가족을 둘러보니 모르는 송사리 한 마리가 있었다. 아빠 송사리가 낯선 송사리에게 물었다.

"너 뭐야?"

그러자 그 송사리가 이렇게 말했다.

"저, 꼽사리인데요……."

벤츠와 티코

고속도로에서 벤츠와 티코가 부딪쳤다. 벤츠는 살짝 긁혔지만, 티코는 형편없이 찌그러졌다. 화가 난 티코 주인이 벤츠 주인에게 소리쳤다.

"당신이 잘못했으니 당장 차 값 내놔!"

그러자 벤츠 주인은 찌그러진 티코를 보면서 말했다.

"뒤에 있는 배기통에 입을 대고 후- 하고 불어 봐. 그러면 찌그러진 게 확 펴질 거야."

그렇게 말하고는 벤츠를 몰고 휙 가버렸다.

티코 주인은 배기통에 입을 대고 아무리 불어도 펴지지 않았다.

그 때 뒤에서 달려오던 또 다른 티코가 보였다. 옆으로 씽- 하고 지나가면서 이렇게 말했다.

"그거 차문을 닫고 불어야 해요."

노트북과 여자의 공통점

무겁거나 두꺼우면 가지고 다니기 싫다.
이 정도면 되겠지 싶으면 또 돈이 들어간다.
함부로 케이스를 벗기면 낭패보기 쉽다.
만지면 만질수록 손에 익는다.
남이 만지면 열 받는다.
열이 나면 사용을 중지하고 식혀 줘야 한다.
오래 쓰다 보면 다른 것과 바꾸고 싶다.
안 그러려고 해도 자꾸 다른 것과 비교가 된다.

사우나 라커룸에서

사람들이 붐비는 라커룸에서 다들 옷을 갈아입느라고 정신이 없다. 그 때 어디선가 휴대전화 벨이 울렸다. 한 아저씨가 휴대전화를 받았다. 휴대전화 소리가 커서 옆에서도 다 들린다.

"아빠, 나 MP3 사도 돼?"

"응, 그래."

"그럼 휴대폰 새로 나온 스마트폰으로 바꿔도 돼."

"응, 그래."

"아빠, 나 그럼 티카도 사도 돼?"

"그럼 너 사고 싶은 것 다 사."

나는 깜짝 놀라 그 아저씨를 쳐다봤다. 그러자 그 아저씨는 주위를 둘러보더니,

"이 휴대폰 누구 것이죠?"

부부 싸움

부부 싸움을 할 때 아내의 말을 잘 들어보면 평소 부부관계를 알 수 있다.

- 남편의 벌이가 좋고 정력이 좋은 경우 - 그래 잘 났다. 너 정말 잘났다.
- 돈은 잘 벌지만 정력이 별로인 경우 - 돈이면 다야?
- 정력은 좋지만 벌이가 신통치 않을 경우 - 니가 짐승이지 사람이야?
- 돈도 못 벌고 정력도 신통치 않을 경우 - 니가 나한테 해 준 게 뭐야?

어느 여대생의 일기

난 오늘도 생면부지의 남자와 잠자리를 했다. 이번이 몇 번째인가? 세는 것도 무의미해졌다. 오늘도 역시 잠에서 깨어보니 어깨가 쑤시고 골반이 아프다. 자세에 신경을 써야 했는데…… 자세가 좋지 않았나 보다. 이제는 후회해 봤자 소용이 없다.

내가 언제 잠이 들었는지 기억도 안 난다.

그리고 여전히 오늘도 다른 낯선 남자가 옆에서 쿨쿨 자고 있다. 흠 자세히 보니 잘생겼다. 다행이다.

이번이 처음이 아니다. 어제는 아버지뻘 되는 남자가 옆에서 자고 있었다. 잠을 자는 남자가 매일 틀린다.

이름 때문에 총에 맞은 남자

어느 날 미군 주둔 지역에 술 취한 한 남자가 비틀거리며 거리를 활보하고 있었다. 그를 발견한 미군 헌병이 그에게 웃으면서 말했다.

"What is your name?"

그러자 술 취한 남자가 뭐라고 말하자 미군 헌병의 안색이 달라졌다.

다시 미군헌병이 그에게 물었다.

"What is your name?"

그러자 술 취한 남자가 뭐라고 대답을 하자 미군 헌병은 안색이 확 바뀌더니 허리에서 총을 끄집어내어 그 남자에게 쐈다.

다음날 아침 경찰이 그의 주머니에서 주민등록증을 찾아내었다. 그 주민등록증에 그의 이름은 '박규' 였다.

한국과학기술원

어느 만원버스에 학생 둘이서 좌석에 앉아 있다가 할머니가 올라오자 자리에서 일어나서 할머니에게 앉으라고 권했다.

할머니는 고마워하면서 학생에게 물었다.

"에구 고마워라. 근데 학생 같은데 어느 학교 다니는가?"

"예, 서울대요."

"좋은 대학에 다니네. 거기는 아무나 못 가지."

그리고는 옆에 있는 학생에게 물었다.

"학생은 어디 다니는가?"

그러자 그 학생이 대답했다.

"네, 한국과학기술원에 다닙니다."

그러자 할머니는 혀를 차면서 말했다.

"그렇구먼…… 쯧쯧 공부를 못하면 일찌감치 기술이라도 배워야지."

훈련소에서

교관이 잔뜩 군기를 잡고 훈련병들에게 말했다.

"너희들은 더 이상 사회인이 아니다. 사회에서 사용하던 말은 전부 버리고 묻는 말에 대답은 "~다"로 질문을 할 때에는 "~까"로 끝을 맺는다. 알아들었나?"

그러자 한 훈련병이 큰 소리로 대답했다.

"알았다!"

교관이 말했다.

"이런 정신 나간 녀석을 봤나! 여기가 사회인 줄 아냐? 모든 대답은 항상 '다'와 '까'로 하라고 하지 않았나?"

그러자 그 훈련병은 다시 대답했다.

"알았다니까."

독이 든 술잔

한 남자가 술집에서 술을 잔에 따라 놓고 마시려고 하지 않고 멍하니 밖을 내다보고 있었다. 그 때 옆에서 술 마시던 한 주정꾼이 그 사람 앞에 있는 술을 냉큼 한 입에 마셔버렸다. 그러자 술을 따라 놓고 밖을 내다보던 그 사람은 울기 시작한다. 술주정뱅이는 당황해서 말한다.

"뭐 사나이가 그까짓 술 한 잔 가지고 울어요? 내가 술 사겠소."

그러자 그 사람은 이렇게 말했다.

"오늘은 정말 재수 없는 날이오. 오늘 아침에 늦잠을 자느라 회의에 참석을 못해서 그만 목이 짤렸소. 그리고 집에 가려고 회사에서 나오는데 누가 차를 훔쳐 갔소, 할 수 없이 택시를 탔는데 그만 지갑을 놓고 왔소. 그리고 집에 가 보니 마누라가 다른 남자와 자고 있었소. 그래서 자살하려고 약을 사서 술에 약을 탔는데 그것마저 당신이 빼앗아 마셔 버렸소."

사사로운 집안 이야기

어느 교회의 여름 성경학교 기간 때의 일이다. 아이들에게 한 목사님이 열심히 성경에 대해서 설교하고 있었다. 그 날의 주제는 인간의 창조였다. 아담과 이브를 설명하면서 선생은 말했다.

"여러분, 하나님은 흙으로 우리 인간을 창조하셨습니다. 흙으로 빚은 사람에게 입김을 불어넣어 아담을 만드셨습니다. 그러므로 아담과 이브는 조상이라 할 수 있습니다."

그때 맨 뒤에 있던 맹구가 손을 번쩍 들고 말했다.

"목사님, 우리 아버지가 그러시는데요, 우리 조상은 원숭이라고 했어요."

그러자 얼굴이 찌그러진 목사님이 말했다.

"맹구야! 사사로운 너희 집안 이야기는 집에 가서 하렴."

꼬마들의 영어 실력

어느 유치원 영어 시간이었다. 선생님이 손가락을 펴고 물었다.

"이걸 영어로 뭐라고 말하지요?"

그러자 아이들은 "핑거요."라고 대답했다.

아이들의 조기교육이 무섭다고 생각한 선생님은 놀라서 다시 주먹을 꽉 쥐고 물었다.

"그럼 이건 뭐라고 하지요?"

"오므링거요~"

죽고 싶다는 생각이 들거든

"죽고 싶다는 생각이 들면 며칠 동안 아무것도 먹지 말아 보세요. - 배고파 죽습니다.

*그래도 죽지 않으면 그동안 쌓아놓았던 음식을 한꺼번에 먹어보세요. - 배 터져 죽습니다.

*이것도 안 되면 며칠 동안 아무것도 하지 마세요. - 심심해서 죽습니다.

*그래도 안 죽으면 자신을 힘들게 하는 일을 두 배로 일해 보세요. - 힘들어 죽습니다.

*그래도 혹시나 안 죽으면 복권을 사서 긁지 마시고 바라만 보세요. - 궁금해서 죽습니다.

*그래도 죽고 싶다면 홀랑 벗고 거리로 나가 보세요. - 쪽팔려 죽습니다.

세상에서 가장 지독한 고문

*의자에 몸을 묶는다. 그리고 몸매가 잘 빠진 1천 명의 여자를 준비한다. 그리고 여자들이 옷을 벗기 시작할 때 눈을 가린다.

*방에 가둔다. 아주 야한 포르노 비디오와 잡지들을 넣어준다. 그리고는 두 손을 묶어버린다.

할매 식당

어느 대학교 앞의 식당에서 일어난 일이다. 도서관에서 공부하던 대학생들이 늦게 배가 고파서 학교 앞에 있는 식당으로 달려갔다. 학생들이 메뉴판을 바라보자 거기에는 남탕과 여탕만 적혀 있었다. 의아하게 생각한 학생들이 물었다.

"할머니, 남탕은 뭐고 여탕은 뭐예요?"

그러자 할머니가 하는 말,

"너희들이 지금 몇 살이니, 아이들도 아니면서 그것도 몰라. 남탕은 알탕이고, 여탕은 조개탕이지."

남편을 죽이는 방법

- 귀에다 대고 "사랑해!"라고 소리를 꽥 지른다. – 귀터져 죽는다.
- 일주일에 한 번씩만 만나준다. – 보고 싶어 죽는다.
- 뽀뽀만 해주고 키스는 안 해준다. – 애가 타서 죽는다.
- 비 오는 날 집앞에서 우두커니 서 있는다. – 깜짝 놀라 죽는다.
- 잠옷을 입고 이상한 눈빛으로 바라본다. – 어이없어 죽는다.
- 모르는 척 다른 남자를 불러 본다. – 열 받아 죽는다.
- 그윽한 눈으로 쳐다보라. – 호수 같은 눈에 빠져 죽는다.
- 매일매일 웃긴다. – 턱 빠져 죽는다.

• 한밤중에 아프다고 땡깡부린다. – 안타까워 죽는다.

이래도 안 죽으면 행복하게 사세요.

도둑의 유언

유명한 도둑이 죽으면서 친구인 도둑에게 유언을 남겼다.

"자네한테 보석 반지를 줄 터이니 받게."

"모처럼 주는 것이니 받겠네. 그런데 반지는 어디 있나?"

"음 강남 신사동에 있는 김사장 빌라 안방 오른쪽 서랍에 들어 있네. 갖게."

몹시 흥분이야

어느 신혼부부가 첫날밤을 맞았다. 신랑은 샤워를 마친 신부가 이불 속으로 들어오자 신랑은 마른침을 삼켰다. 아직까지 여자와 관계를 해본 적이 없는 숫총각인 신랑은 몹시 쑥스러웠다. 잠도 안 오고 한참 망설인 신랑은 신부에게 물었다.

"자기야, 지금 몇 시지?"

그러자 신부가 대답을 했다.

"응, 몹시 흥분이야."

앰블런스

앰블런스가 환자를 태우고 갈 때 경적 소리를 들어보면 환자가 남자인지 여자인지 알 수가 있다고 한다.

환자가 남자일 경우 경적 소리: 찌짜찌짜.
환자가 여자일 경우 경적 소리: 찌뽀찌뽀.
여자 남자 환자를 같이 태웠을 경우: 찌짜찌뽀.

오줌 멀리 싸기 시합

어느 마을에 할머니와 할아버지가 살고 있었다. 그런데 이분들은 매일 싸웠다. 싸울 때마다 할아버지가 졌다. 그래서 할아버지는 한 번 이기는 게 소원이었다.

그래서 할아버지는 할머니에게 내기를 하자고 제안했다. 그 내기는 오줌 멀리 싸기였다. 그런데 이상하게도 이번 내기에서도 할아버지가 졌다. 당연히 오줌 멀리 싸기에는 남자가 이기는데도 말이다. 할머니가 이긴 이유가 있었다. 내기하기 전에 할머니가 할아버지에게 이렇게 말했던 것이다.

"영감! 손대기는 없는 거유."

달걀 방귀

조선 중엽 남산골에 서종진이라는 명의가 살고 있었다. 그는 병도 잘 봤지만 우스갯소리도 잘 하는 사람으로 소문이 나 있었다.

하루는 환자가 찾아와서 자기 병을 보아주기를 청하자 명의는 어디가 아프냐고 물었다.

"제 병 증세는 표현할 수 없는 묘한 병입니다. 뭐라고 말할까, 저 달걀 같은 것이 속에 있어서 움직이는 것 같습니다."

"허허, 달걀 같은 것이라……."

"예, 그러하옵니다. 달걀 같은 것이 올라갔다 내려갔다 하는데 이게 목구멍까지 올라와서 숨이 꽉 막히는데 영 미칠 것 같습니다. 혹시 입으로 나오려나 하고 입을 벌리고 있으면 안 나오고 다시 내려가 버립니다. 정말 견딜 수가 없습니다."

듣고 보니 고금에 없는 증세였다. 서 의원은 눈을 지그시 감고 이리저리 진맥을 하더니 말했다.

"맞았네, 맞았어. 그건 방귀의 이동일세. 자네 얼굴이 워낙 엉덩짝처럼 생겨나서 방귀가 어디로 나가야 할지를 모르고 위로 올라와선 아래였던가 하고, 아래로 내려가면 위였던가 하고 생각하는 것일세. 뭐 대수로운 병이 아니니 얼굴만 갈면 곧 나을 걸세."

엽기 선생님

어느 여학교에서 일어난 일이다. 여학생들이 총각선생님을 놀리려고 우유 한 컵을 교탁에 올려놓았다. 교실에 들어선 그 선생님은 의아해서 학생들에게 물었다.

"이게 뭐지?"

"저희들이 조금씩 짜서 모은 것이에요. 사양하지 말고 드세요."

선생님은 어쩔 줄 몰라하며 뭐라고 대답을 해야 하나 곰곰이 생각 끝에 말했다.

"근데 얘들아! 나는 젖병을 먹고 싶은데……."

맞선 보는 자리에서 생긴 일

한 남자가 간곡한 청에 못 이겨 맞선 보는 장소에 나가기로 했다. 그런데 마음에도 없는 맞선이라 고의로 2시간이나 늦게 나갔다. 화가 난 여자는 남자가 나타나자 머리끝까지 올라온 분을 삭이면서 말했다.

"저어 개새끼 키워봤어요?"

그러자 남자는 싱글싱글 웃으면서 답했다.

"그럼요. 십팔 년 동안 키웠는데요."

그러자 이번에는 여자가 남자 앞에 손가락을 펴 보이면서,

"이 새끼손가락이 제일 예쁘지요?"

남자는 이번에도 어김없이 받아쳤다.

"이 년이 있으면 또 만나겠지요."

똥만 보면 사족을 못 써

성종 때 신량이라는 애꾸눈이 있었다. 그런데 그는 성미가 괄괄해서 누가 애꾸눈이라는 말만 하면 펄펄 뛰곤 했다. 그래서 친한 친구들이 할 말 못할 말 없이 서로 농을 주고받으면서도 눈 얘기만은 할 수가 없었다.

그러던 어느 날 홍문으로 있던 정휘가 신량의 성미를 알면서도 능청스럽게 말했다.

"자네는 참으로 알고 지내던 사람과는 다르이. 사람이란 도량이 넓어야 하는 법인데 그까짓 농담을 고깝게 들어 화를 내다니 점잖은 사람이 그래서야 쓰나."

"무슨 소린가. 내가 뭐 성을 내?"

"그럼 내가 자네를 보고 욕을 해도 성을 안 내겠는가?"

"내가 아무 때나 성을 내나?"

"허, 자네 정말인가?"

"저 하늘을 두고 맹세하지."

이 말이 떨어지기가 무섭게 정휘는 눈을 부릅떴다.

"이 눈도 없는 소경놈아! 사람 값도 못하는 놈이 진작 죽지 않고서 무얼 한다고 이때까지 살아 있단 말이냐?"

천연덕스럽게 종알거리자 금세 얼굴에 핏기가 퍼져 올라왔으나 신랑은 자신이 한 말이 있었기 때문에 꾹 참을 수밖에 없었다.

다음날 채문선이란 친구가 와서 말했다.

"이 사람아, 눈에 잘 낫는 약이 있는데 왜 여태까지 눈을 안 고치고 있는가?"

"무슨 약인데?"

채문선은 그의 동정을 살피다가 참으로 곧이 듣는 것 같아 퉁명스럽게 말했다.

"술에 잔뜩 취한 뒤에 그 눈알을 뽑아 버리고 대신 강아지 눈으로 바꾸어 넣으면 성한 사람같이 보인다던데."

그러자 신랑이 호기심 있게 눈빛을 반짝이며 물어 왔다.

"그렇지만 이 사람아, 보이는 것은 좋지만 한 가지 걱정은 똥만 보면 사족을 못 쓰게 된다니 그게 걱정스럽네."

웃음 속의 진실

- 색마의 웃음 소리 – 걸걸걸(girl girl girl)
- 살인마의 웃음 소리 – 킬킬킬(kill kill kill)
- 요리사의 웃음소리 – 쿡쿡쿡(cook cook cook)
- 여자 바람둥이의 웃음소리 – 히히히(he he he)
- 남자 바람둥이의 웃음소리 – 헐헐헐(her her her)
- 축구선수의 웃음소리 – 킥킥킥(kick kick kick)
- 어린애들의 웃음소리 – 키드키드키드(kid kid kid)

임산부

여관 앞에서 버스에 오른 여자가 남자에게 말했다.

"미안하지만 제가 임신을 해서 그런데 자리를 양보해주시겠어요?"

"그러죠."

자리에서 일어선 남자는 아무리 보아도 여자가 임신한 것 같지 않았다. 그래서 물었다.

"실례지만 임신한 지 몇 개월 됐습니까?"

"네, 한 30분 지났어요."

이쁜 여자와 못생긴 여자의 차이

• 남자가 말을 걸면

이쁜 여자 : 부담없이 튕긴다.

못생긴 여자 : 불안하고 초조해서 떨면서 튕긴다.

• 남들이 쳐다보면

이쁜 여자 : 시선을 피한다.

못생긴 여자 : 내 얼굴에 무엇이 묻었나?

• 남자랑 같이 있으면

이쁜 여자 : 남들이 부러워서 쳐다본다.

못생긴 여자 : 모든 남자들이 측은한 눈초리로 남자를 바라본다. 무슨 전생에 죄가 있어 저런 여자를 만났나 하고 생각한다.

• 화를 내면

이쁜 여자 : 장미에도 가시가 있는 법.

못생긴 여자 : 성미 한 번 더럽군.

성적표

만득이가 시험을 쳤다. 그런데 한 과목만 '양' 이고, 나머지는 전부 '가' 이다. 성적표를 어머니에게 보여주자 어머니 왈,

"한 과목만 너무 파고들지 말아라."

아메리카 대륙을 발견한 사람

선생님이 철수에게 지도에서 아메리카 대륙을 찾아보라고 하셨다.

철수 : "찾았어요."

선생님 : "그래, 잘했다. 그런데 아메리카 대륙을 발견한 사람은 누구지?"

학생들 : "철수요."

순직

남자가 바람을 피우면서 한참 일을 하다가 여자 배에서 심장마비로 죽으면 복상사라고 한다. 그러면 자기 아내와 일을 치르다가 배 위에서 죽으면 뭐라고 할까?

순직.

황혼 이혼

어떤 할머니가 이혼소송을 내자 판사가 할머니에게 물었다.

"할머니는 지금 연세가 92세이고, 할아버지는 94인데, 결혼한 지도 70년이 넘었는데 왜 지금 와서 이혼을 하려고 하십니까? 그러자 할머니가 말했다.

"우리 사이가 틀어진 지가 오래되었답니다. 그런데 자식이 하늘나라에 갈 때까지 기다려온 거지요."

외로운 개구리

외로운 개구리가 전화 상담실에 전화를 걸어 자신의 앞날에 대해서 물었다.

상담원은 대답을 했다.

"당신은 예쁜 여자를 만날 것이오."

그러자 개구리는 기뻐서 말했다.

"그럼 파티장에서 만나게 되나요?"

"아니요. 생물시간에 만나게 될 거요."

저승사자가 오거든

• 환갑 : 육십에 저승사자가 데리러 오거든 지금 부재중이라 하소.

• 고희 : 칠십에 저승사자가 데리러 오거든 아직은 이르다 하소.

• 회수 : 칠십칠에 저승사자가 데리러 오거든 지금부터 여생을 즐긴다 하소.

• 산수 : 팔십에 저승사자가 데리러 오거든 아직 쓸모 있다고 하소.

• 미수 : 팔십팔에 저승사자가 데리러 오거든 쌀을 조금 축내고 간다고 하소.

• 졸수 : 구십에 저승사자가 데리러 오거든 너무 조급하게 굴지 말라고 하소.

• 백수 : 구십구에 저승사자가 데리러 오거든 때를 보아 내 발로 간다고 하소.

똥나라의 모든 것

- 똥나라 사형제도는 : 똥침
- 똥나라 아이들 최고놀이는 : 똥딱지
- 똥나라 최고 기사는 : 똥끼호테
- 똥나라 쿠데타 임금은 : 똥두칸(전두?)
- 똥나라 수호신은 : 방귀
- 똥나라 수건은 : 화장지
- 똥나라 AIDS는 : 치질
- 똥나라 최고 에로 비디오물은 : 똥꼬부인 바람났네!
- 똥나라 무덤은 : 화장실
- 똥나라 최고 욕은 : 똥 까! or 똥 까지마!
- 똥나라 개 짖는 소리 : 똥구 멍! 똥구 멍!
- 똥나라 고양이 울음소리 : 똥구냐아오옹!
- 똥나라 닭 울음소리 : 똥끼오~!
- 똥나라 쥐는 : 뿌지 쥐.
- 똥나라 최고령 할아버지는 : 또옹

- 똥나라 대문은 : 항문
- 똥나라 왕비는 : 변비
- 똥나라 새는 : 똥냄새
- 똥나라 곤충에는 : 회충, 요충, 십이지장충……
- 똥나라 용은 : 똥구뇽

—여러대—

똥차

시골의 어떤 종점에서 버스가 출발을 기다리고 있었다. 시골 종점이니까 시골 아저씨, 아지매들이 한 대여섯 명 타고 있었고 운전사는 운전석에 앉아서 시동을 걸어 놓은 채, 손님들을 기다리고 있었다.

그런데 날도 더운 시골 여름에 시동만 걸어 놓은 버스가 곧 갈 것처럼 부르릉거리면서도 도대체 출발을 안 하는 것이었다.

이제나저제나 출발만을 기다리고 있던 사람들 중 어떤 성질 급한 시골 아지매가 참다못해 운전사한테 큰 소리로 불평을 했다.

"아저씨, 이 똥차 안 가요?"

그러자 자기가 모는 차를 '똥차' 라고 부르는데 열 받은 운전사가 소리치는 말인 즉,

"똥이 차야 똥차가 가지!"

죽을래 똥침 맞을래?

람보와 코만도는 미 국방성의 특수요원이었다.

어느 날 미국 비행기가 아프리카 상공에서 고장이 나서 불시착을 하는 바람에 그 승무원들이 모두 그곳 토인종들에게 사로잡혔다. 워낙 오지라서 군대를 투입할 수가 없다고 판단한 미 국방성에서는 특수요원 코만도를 파견하기로 하였다.

코만도는 명령에 따라 아프리카 정글 속으로 침투했지만 도중에 함정에 빠져 사로잡히는 몸이 되고 말았다.

코만도가 꽁꽁 묶여서 끌려간 곳은 토인들의 마을. 토인들이 정렬한 가운데에서 아주 근엄한 표정으로 추장이 나타나서 코만도를 물끄러미 쳐다보더니 간단하게 물었다.

"죽을래 똥침 맞을래?"

뜻밖의 일이었지만 코만도가 곰곰이 생각해 보니 그래도 죽는 것보다는 똥침 맞는 것이 낫겠다는 생각이 들었다. 더군다나 자신은 체력도 좋지 않은가.

"똥침 맞겠다."

"……알았다."

그러더니 추장은 꽁꽁 묶인 코만도를 그 자리에서 돌려놓고 엉덩이를 까발리더니 직접 똥침을 놓는 것이었다. 그런데 그 똥침이 워낙 강했기 때문에 코만도는 그 자리에서 식물인간이 되고 말았다.

정글에 버려진 후 간신히 구조되어 병원에서 치료를 받아 의식은 돌아왔으나 몸은 움직일 수가 없었다. 코만도는 차라리 죽는 게 낫겠다고 후회를 했다.

한편,

코만도가 작전에 실패하자 이번에는 람보에게 같은 임무가 떨어졌다. 국방성에서는 정글전에는 역시 람보가 조금 더 낫겠다고 판단한 것이었다.

람보는 침투하기 전에 문병차 코만도에게 들러 정보를 좀 얻기로 했다. 그러자 코만도 왈,

"너도 혹시 나처럼 비참하게 되기 싫으면, 사로잡힐 경우 죽으면 죽었지 똥침 맞겠다는 말을 하지 말아라."

"음, 알았다."

그런데 람보도 역시 토인들이 친 해괴한 함정에 빠져서 사로잡히고 말았다. 그러자 역시 또 추장이 나타나서 람보에게 물었다.

"죽을래 똥침 맞을래?"

람보는 아무래도 똥침 맞는 게 죽는 것보다는 낫겠다는 생각이 들긴 했지만 코만도가 한 말을 생각하고는 소리쳤다.

"차라리 죽겠다!"

그러자 람보는 죽을 때까지 똥침을 맞았다.

화장실에서

갑자기 심한 설사를 만난 신사 두 사람이 화장실로 황급히 들어갔다. 마침 화장실엔 아무도 없었고, 두 개의 방이 나란히 비어 있었다. 들어가자마자 일을 치르고 나서 보니 화장지가 없었다.

신사 A : 거기 휴지 있으면 밑으로 넣어 주시겠소?

신사 B : 여기도 없는데요. 혹시 그쪽에는 쓰다 남은 신문지 같은 것도 없나요?

신사 A : 저어~ 혹시 만 원짜리를 천 원짜리로 바꿀 수 있겠소?

화장실에 가면 즐겁다

여느 학교와 마찬가지로 우리 학교 도서관이나 전산실 화장실에는 수많은 낙서들이 있습니다.

가끔 절 미치도록 웃기게 만드는 낙서들을 보면, 정말 일을 보면서도 유쾌하기 그지없습니다.

"긴급 속보!! 이 순신 사망!!"

누가 이렇게 써 놨더군요. 근데 절 웃기게 만든 건 이 낙서가 아닙니다. 밑에 다른 사람이 이렇게 써 놨다.

"알리지 말라 일렀거늘……."

정말 기지가 번뜩이는, 저도 동감하는 그런 낙서도 하나 있었습니다.

"급하게 똥 싸고 났더니 휴지가 없다, 우짜지?"

다른 사람이 해답을 적어 놨더군요.

"이건 사랑이지 버스가 아냐! 밥통아. 충고해 주려면 제대로 해줘. 사랑에 가슴 아픈 이여! 사랑에 시기가 따로 있지는 않다. 지금 다시 다가서 보시오."

"내가 왜 밥통이야? 이 짜샤!"

"니가 왜 밥통이 아냐? 이 꼴통노므시키야!"

"처음에 낙서했던 사람인데요. 두 분 싸우지 마세요. 저로 인해 두 분이 싸우게 되어서……, 정말 가슴이 아픕니다. 어쨌거나, 물의를 일으켜 죄송합니다."

도서관 화장실에서 정말 미친 듯이 웃어댔습니다.

화장실의 낙서

모 고등학교 김군이 화장실에서 큰일을 치르던 중 화장실 벽에 써 있는 글귀를 보았다.

그 글은 "신은 죽었다"라는 니체의 말이었다.

이에 김군은 그 글귀 밑에,

"너도 죽었다. -신-"

이라고 써 놓고 나왔다.

그 다음날 김군은 화장실에서 놀라지 않을 수 없었다.

그 두 글귀 밑에는 이렇게 쓰여 있었다.

"니들 다 죽었다.

-화장실 아줌마-"

학생, 똥 밟았다

어떤 학생이 닷새 동안 밤늦게까지 고개 너머에 볼일이 생겼다.

첫날 학생은 일을 마치고 고개를 넘어오고 있었다.

고개를 넘다 어느 으슥한 지점에 이르러 그 학생은 아침에는 보지 못했던 공동묘지를 발견했다.

학생이 더럭 겁을 먹었는데, 아니나 다를까,

"학새~ㅇ."

떨리는 것 같은 가냘프고 소름끼치는 귀신의 소리가 들려 왔다. 학생은 너무나 겁이 나서 그만 그 자리에 멈춰서고 말았다. 그러자 귀신 왈,

"학생, 오른쪽으로 두 발, 앞으로 세발 가 보게~."

학생은 너무나 무서워 귀신이 시키는 대로 걸었다. 그러자 귀신 왈,

"학생, 똥 밟았네~."

다음날 밤, 학생은 다시 공동묘지 옆을 걸어서 지나오는데 또 귀신이 나타났다.

"학생~ㅇ."

학생은 또 무서워서 얼떨결에 멈춰섰다. 그러자 또 귀신 왈.

"학생, 왼쪽으로 두 발, 뒤쪽으로 세 발 가 보게~."

그러자 학생은 이번에는 속지 않으려고 귀신을 째려보며 움직이지 않고 그대로 서 있었다.

그러자 귀신 왈,

"학생, 왜 똥 밟고 서 있나~?"

그 다음날 학생은 귀신을 만나지 않으려고 지나가는 차를 세워 타고 의기양양하게 공동묘지를 바라보며 지나가고 있었다.

그때 또 차창 밖에서 따라오던 귀신 왈,

"학생, 왜 똥차를 타고 가니~?"

네 번째 날에도 학생은 고개를 넘어서 지나는

데 귀신이 나타났다.

"학새~ㅇ."

"학생~ㅇ!"

그래도 학생이 돌아보지도 않고 마구 뛰어 달아나자 거의 숨넘어가는 듯한 목소리로 귀신이 하는 말,

"학생, 학생은 똥 밟는데 귀신이구만, 만, 만, 만, 만~!"

뒷간 헛소리

한 생원이 객주집에 들어가 자게 되었는데 들어오다가 외양간 옆에 있는 작두를 보니 그놈 물건이 쓸만하다. 속으로 욕심이 나서 저놈을 어떻게 슬쩍 어째 볼 수 없나 하고 궁리를 하고 있다가 날이 저문 뒤에 뒷간에 가서 데리고 온 종을 불러 밑씻개를 가져오라 했다.

그러나 그때 종은 어디에 갔는지 명령한 물건을 객주집 주인이 가지고 와서 뒷간 앞에 서 있다.

생원은 종이 자기의 종이를 가지고 와 있는 줄로만 알고서 가만히 말하기를,

“애야, 아까 들어오다가 보니까 외양간 옆에 있는 이 집 작두가 쓸만해 보이더구나. 너 눈치 보아서 짚더미 속에 슬쩍 감춰두어라. 집에 가서 쓰면 꼭 좋겠더라.”

주인이 들으니까 큰일 날 소리이므로 허리를

굽히면서,

"소…… 소인의 집에도 그 작두 하나밖에 없는데 만일 생원께서 가지고 가시면 소인은 무엇으로 영업을 합니까? 마초 썰을 연장이 하나도 없는데요."

이렇게 되었으니 생원이 크게 난처해 둘러댄다고 하는 말이,

"이…… 이 사람아, 자네 집 뒷간에 귀신이 있지 않은가. 난 가만히 있으려고 하는데 저절로 헛소리가 나오니 말야."

화장실과 도서관의 3가지 공통점

학문을 넓힌다.
학문에 힘쓴다.
학문을 닦는다.

화장실에서의 귀신

하루는 만득이가 귀신을 피해서 화장실에 숨었다. 그런데 마침 소변이 마려운 것이었다. 그래서 소변을 보려고 섰는데 변기 안에서 귀신이 부르는 소리가 들려 왔다.

"만득아……, 만득아……."

만득이는 귀신을 피하고 싶었지만 일단 소변을 보고 피하려고 일단 쉬~를 했다. 그러자 밑에서 들리는 소리가 변하는 것이었다.

"만득~아르르르륵~."

만득이 화장실에 가다 1

만득이가 밤에 공부를 하고 있는데 갑자기 아랫배가 살살 아팠다. 그래서 화장실로 가 바지를 내리고 앉았는데 갑자기 귀신이 부르는 소리가 들려왔다.

"만득아, 만득아!"

그런데 사방을 아무리 둘러보아도 귀신은 보이지 않았다.

혹시나 하고 밑을 들여다보니, 맙소사! 귀신이 변기 속에 들어가 있는 게 아닌가. 하지만 어쩔 수 없었다. 급했던 만득이는 아랫배에 잔뜩 힘을 준 다음 큼직하게 일을 보았다.

그러자 이윽고 귀신은,

"마안드으윽아압…… 꿀꺽……!"

만득이 화장실에 가다 2

화장실 변기에 앉아 볼일을 보던 만득이는 갑자기 콧구멍이 가려웠다. 그래서 무료함도 달랠 겸 코를 후비기 시작했는데 그때 갑자기,

"만득아, 만득아!"

하고 변기 속에서 귀신이 부르는 소리가 났다.

갑작스런 귀신의 목소리에 깜짝 놀란 만득이는 순간 손가락으로 파낸 큼지막한 코딱지를 변기 속에 빠뜨리고 말았다.

그러자 밑에 있던 귀신은,

"만……퉤! 득아……!"

만득이 화장실에 가다 3

만득이가 화장실에 갔는데 그 날도 변기 속에서 귀신의 음성이 들려왔다.

"만득아, 만득아!"

만득이는 너무도 화가 나서 잽싸게 볼일을 보고 물을 내려버렸다. 그런데 귀신은 계속 그 속에 버티면서,

"만득아, 만득아!"

하고 부르는 것이었다.

열이 오른 만득이는 덜컥 변기 뚜껑을 닫아 버렸다. 그러자 귀신은 손가락으로 변기 뚜껑을 똑똑 치면서,

"만득아…… 문 열어!"

만득이 화장실에 가다 4

만득이가 대변을 보려고 화장실에 들어갔는데, 그 날도 마찬가지로 귀신이 변기 속에 들어 있는 것이었다.

"만득아, 만득아!"

만득이는 귀신을 무시하고 일을 다 본 다음 화가 나서 물을 내리는 것도 잊은 채 서둘러 화장실을 나섰다.

그러자 등 뒤에서 귀신이,

"킁킁, 만…… 득…… 아!"

만득이 화장실에 가다 5

며칠 동안 죽 지켜보니 귀신은 꼭 만득이가 화장실에 갈 때마다 나타나 골탕을 먹이곤 하는 것이었다.

그래서 만득이는 화장실에 안 가기로 결심했다.

첫날은 이정도 쯤이야 하고 넘어갔다.

둘째 날은, 꽤 괴로웠지만 귀신을 보지 않아도 된다는 일념으로 간신히 참아 넘겼다.

하지만 셋째 날은 도저히 참을 수가 없었다.

꽁지에 불이 붙기라도 한 것처럼 잽싸게 화장실로 뛰어가 문을 열어제쳤다. 순간 안에서 기다리고 있던 귀신이 손뼉을 치며,

"와! 만득이다~~~!"

만득이 화장실에 가다 6

하루는 만득이가 화장실에서 머리를 감고 있는데,

"만득아, 만득아!"

하고 옆에서 귀신이 부르는 소리가 났다.

만득이는 무시하려고 했지만 귀신은 계속해서 귀찮게 굴었다. 화가 난 만득이가 손으로 감던 물을 퍼서 와락 귀신에게 끼얹었다.

그러자 귀신은 얼른 물기를 털어내면서,

"만득 부르르르 만득 부르르르……!"

만득이 화장실에 가다 7

어느 날 만득이가 학교 화장실 문을 열어 보니 평소 자신을 그렇게 못살게 굴던 귀신이 그곳에서 볼일을 보고 있었다.

귀신을 본 만득이는 속으로, 이때다 하고 잽싸게 귀신의 엉덩이를 한 대 때렸다. 그러자 귀신이 인상을 찡그리며 만득이를 한 번 째려봤다.

하지만 만득이는 별것 아니라는 듯 무시해 버리고 또 한대를 철썩 때렸다. 그러자 이번에는 귀신이 만득이를 노려보면서 벌떡 자리에서 일어섰다.

그러나 만득이는 재미있다는 듯 또 한 대를 쳤다.

그러자 귀신이 인상을 구기며 하는 말,

"만득이, 너 죽을래?"

만득이 화장실에 가다 8

만득이 갑자기 오줌이 마려워서 화장실에 들어갔는데 그 소변기 속에서 귀신이 부르는 소리가 났다.

"만득아, 만득아!"

하지만 만득이는 귀신을 무시한 채 쏴아! 볼일을 보았다. 그러자 귀신은.

"만득……꼬로르르르 윽 악……!"

만득이 화장실에 가다 9

만득이가 볼일을 보러 화장실에 들어갔는데,

"만득아, 만득아!"

하고 부르는 소리가 났다.

그런데 자세히 살펴보니 귀신이 이번에도 변기 속에 웅크리고 있는 것이었다. 귀신한테 엉덩이를 까 보인다는 게 영 찝찝했지만 워낙 급했던 만득이는 배에 잔뜩 힘을 주고 시원스레 볼일을 보았다.

그러자 만득이를 부르던 귀신은,

"만득아, 만득아아압……!"

만득이는 그런 귀신을 무시한 채 계속 볼일을 보았다.

"만득아, 만득아아압……!"

그러기를 수차례 거듭하자 마침내 만득이의 볼일이 다 끝났다.

만득이가 뒤처리를 하고 바지춤을 올리면서

문득 변기 속을 들여다보았다. 그러자 만득이와 눈길이 마주친 귀신은,

"만득아, 나 소화 다 됐어요~~~!"

만득이 화장실에 가다 10

하루는 만득이 대신 여자친구 용순이가 화장실에 갔다. 워낙 급했던 용순이가 막 아랫배에 힘을 주고 볼일을 보려고 하는데 만득이를 쫓아다니는 귀신이 변기 속에서 용순을 보며,

"만득아, 만득아!"

하는 것이었다.

하지만 워낙 다급했던 용순은 그 소리를 듣지 못했다.

이제 막 나오려는 찰나여서 아랫배에 더욱 힘을 주는데 밑에 있던 귀신은 갑자기 이렇게 소리 지르는 것이었다.

"만드으~~~윽아~~만드으~~~어? 오~~우와~~예!"

만득이 화장실에 가다 11

귀신은 열심히 쫓아다녔지만 늘 만득이의 따돌림을 받곤 했다.

그래서 하는 수 없이, 만득이가 하루에 한 번 이상은 꼭 가야만 하는 화장실에 들어가 기다리곤 했던 것이다. 그곳만큼 만득이를 확실하게 볼 수 있는 곳도 없었기 때문에.

하지만 그럴 때마다 매번 똥 오줌을 먹어야만 하는 귀신은 기분이 여간 찝찝한 게 아니었다.

그래서 화장실에서 기다리던 귀신이 이번에는 결심을 단단히 했다. 만득이가 나타나더라도 절대로 입을 벌리지 않겠노라고.

그날따라 이빨을 깨끗이 닦고 화장실 변기 속에 들어가서 이제나저제나 만득이가 나타나기만을 기다린 귀신,

아니나 다를까, 얼마 기다리지 않아 만득이가

문을 열고 화장실 안으로 들어왔다. 그런데 입을 다물기로 그렇게 결심한 귀신이지만 만득이를 보자 부르고 싶어서 입이 근질근질했다.

그래서 입을 최대한 오므린 채,

"몬~~~ 두~~~ 고~~~오~~~! 몬~~~ 두~~~ 고~~~오~~~!"

화장실 명언

＊ 젊은이여, 당장 일어나라! 지금 그대가 편히 앉아 있을 때가 아니다.

＊ 내가 사색에 잠겨 있는 동안 밖에 있는 사람은 사색이 되어 간다.

＊ 내가 밀어내기에 힘쓰는 동안 밖에 있는 사람은 조여내기에 힘쓴다.

＊ 신은 인간에게 '똑똑' 할 수 있는 능력을 주셨다.

그는 '똑똑' 했다. 나도 '똑똑' 했다.

문밖의 사람은 나의 '똑똑' 함에 어쩔 줄 몰라 했다.

화장실의 진리들

• 바지 벗다 주머니 속 동전들 사방팔방으로 굴러 떨어질 때.

– 10원짜리라면 상관 안하겠지만 500원짜린 절대 포기 못한다. 바지 다시 올리고 옆칸으로 가서 노크한다.

• 벌어진 문틈으로 사람들이 힐끔힐끔 자꾸 쳐다볼 때.

– 2~3mm라면 그냥 참겠는데, 5mm 이상이면 진짜 열받는다. 몸을 최대한 좁혀서 문틈 밖으로 나를 노출시키지 않으려고 무지 애쓴다. 일 끝나면 골반뼈까지 뻐근하다.

• 남녀공용인데 밖에서 여자가 기다릴 때.

– 초기에 방구소리라도 날까 봐 열라 신경 쓰인다. 헛기침도 해보고 물도 내려보고 하지만 불시에 나오는 소리에는 대책 없다.

• 휴지 없어 살펴보니, 웬 뭉치.

– 화장지걸이 위에 겹겹이 쌓인 뭉치 휴지. 닦으려고 펴보니 누가 벌써 끝낸…… 누군지 잡히면 죽여 버리고 싶다.

• 문고리 없는 화장실에서 손잡이 잡고 일 볼 때,

– 엉거주춤한 자세로 5분만 버티면 다리가 후들거리고, 이마에서 구슬땀이 솟는다. 더 황당한 건 밖에서 눈치 없는 놈이 문 열라고 열라 당길 때. 변기와 문과의 거리가 멀 때는 거의 치명적이다.

• 겨울에 바바리 입고 들어갔는데 옷걸이 없을 때.

– 바바리 걷어올려 안고 있으랴 바지 까내리랴 정신 없다. 잘못해서 새로 산 바바리 끝자락이라도 변기에 빠지는 날엔 정말 울고 싶어진다.

• 담배꽁초 휴지통에 버렸는데 거기서 연기 날 때.

– 침 열라 뱉어 봐도 꺼지지 않으면 최후엔 변기 속에 손 집어넣는다.

화장실 낙서

화장실 문 안쪽 맨 위쪽에 적혀 있었다.

"나는 ㄸ 누면서 이렇게 높이까지 글을 쓸 수 있다."

바로 밑에 써 있는 글.

"너 진짜, 다리는 짧고 허리는 길구나!"

그 아래 쓰여 있는 글.

"두 번째 녀석도 만만치 않아."

그리고 맨 아래 이렇게 쓰여 있었다.

"엉덩이 들고 낙서하지 마라. 네 놈들 글 읽다가 나 흘렸다."

· 왼쪽 벽에 쓰인 글 : "난 왼손잡이다!"

· 오른쪽 벽에 쓰인 글 : "난 오른손잡이다!"

· 앞쪽 벽에 쓰인 글 : "난 입으로 물고 쓴다."

· 뒤쪽 벽에 쓰인 글 : "엉덩이에 꽂고 쓸 줄

을 몰랐지?"

· "여자는 무엇으로 사는가?"

"누구야?! 여자를 사려는 놈이!"

· "무엇이 중요한가?"

"문민정부도 좋고 국민의 정부도 좋고 개혁도 좋다."

"그렇지만 지금 나에게 중요한 것은 휴지가 없다는 것이다."

· "자기가 할 일에 충실하자."

"그래서, 지금 아랫배에 힘주고 있다."

"당신이 지금 여기에 앉아 편안히 낙서하고 있을 때, 밖에 있는 사람은 속옷에 노란 물들이고 있다."

화장실에서 느끼다

· 당황 : 갈 길이 바쁜데 화장실 문 앞에 줄줄이 줄을 섰을 때.
· 갈등 : 바지 주머니에서 쏟아져 변기통 속에 빠져버린 아까운 동전들을 주워야 하나 말아야 하나.
· 기쁨 : 푸세식인 줄 알고 들어갔는데 깨끗한 수세식 좌변기일 때.
· 슬픔 : 쏟아부은 힘보다 성과가 미약할 때.
· 불쾌 : 옆칸 사람의 볼일 보는 소리가 너무 요란할 때.
· 배신감 : 늦게 온 사람이 나보다 먼저 들어갈 때.
· 섭섭함 : 나보다 늦게 시작한 옆칸 사람이 일 마치고 먼저 나갈 때.
· 답답함 : 좁은 화장실에서 마지막 뒤처리를 할 때.

· 상쾌함 : 예상보다 많은 양의 물건을 처리할 때.
· 당혹감 : 이미 생산이 활발히 진행되고 있는 상태에서 휴지가 없음을 깨달았을 때.
· 불안감 : 끝나려면 아직도 멀었는데 밖에서 사람들이 줄서서 기다릴 때.
· 미안함 : 공을 들여 힘 조절을 했건만 요란한 소리를 내며 쏟아질 때, 게다가 조준 미숙으로 변기 가장자리에 그걸 묻혔을 때.
· 죄송함 : 아주 진한 향기를 남기고 나오며 다음 사람의 얼굴을 쳐다볼 때.
· 황당함 : 마지막 처리 과정을 끝내고 바지를 올리는 순간 뒷주머니에 있던 지갑이 변기 안으로 빠질 때.
· 은밀함 : 안에서 돈을 세 보거나 연애편지 읽는 즐거움을 맛볼 때.
· 분주함 : 신문, 워크맨, 담배 등을 동시에 이용하는데 삐삐가 오고 핸드폰까지 울릴 때.

화장실 낙서

· 어느 남자 화장실 입구에 이렇게 써 있었다.

– 신사는 매너. 한 걸음 앞으로 다가서십시오.

· 그런데 그 밑에 누가 낙서를 해놓았다.

– 남자는 힘. 입구에서도 문제없다!

· 그런데 그 밑에 또다른 낙서가 휘갈겨져 있었다.

– 니껀 권총이지, 장총이 아니다. 바싹 다가서라, 이놈아!

삐삐로 변비 퇴치하기

화장실에 들어간다네
아빠의 핸드폰이 꼭 필요하다네
화장실 문을 잠근다네
바지를 벗고 변기 위에 사뿐히 걸터앉는다네
그리고 삐삐를 아랫배에 대고 있는다네
핸드폰으로 삐삐를 친다네
삐삐 진동 온다네
응가를 확실하게 할 수 있다네
그러나 주의할 점이 있다네
진동에 뿅~ 가서 응가하다가 삐삐를 놓칠 수 있다네
그러면 변기에 퐁당 빠질 수 있다네

화장실 이야기

어떤 학생이 어렵게 싸구려 자취방을 얻어 들어갔다. 싼 값에 비해서 꽤 좋은 방이었다.

하지만 달동네에 있는 그 집에는 화장실이 없었다. 대신 뒤에 있는 야산에 공중변소가 하나 있었고 거기를 이용하게 되어 있었다. 그런데 이 학생은 꼭 밤늦게 공부를 할 때면 볼일이 생기는 것이었다.

그 첫날이었다.

밤 12시가 넘자 학생은 마침내 참을 수 없어서 화장실을 찾아서 야산으로 올라갔다. 낮에 볼 때와는 다르게 야산 한가운데의 공중변소는 대단히 무시무시하게 보였다. 하지만 그래도 볼일이 급했기 때문에 학생은 주저없이 화장실로 들어갔다.

붉은 촉 전구 불빛과 완전한 옛날식 공중변

소……!

대변 보는 곳은 한 군데 뿐이었다. 이 오밤중에 설마 용변 보고 있는 사람이 있을까 싶었지만 그래도 모른다는 생각에 화장실 문을 똑똑똑 두드려 보았다.

역시 대답이 없었다.

그래서 문을 열고 들어가려고 하는데,

"……똑똑똑!"

안쪽에서 반응이 왔다.

그런데 왜 금방 대답을 안 하고 잠시 후에 반응이 나올까? 그래서 학생은 다시 한번 문을 두드렸다. 그런데 또 반응이 없었다.

잘못 들었나? 그래서 다시 문을 열려고 하는데,

"……똑똑똑!"

순간 섬뜩한 공포가 학생을 덮쳤다.

왜 그렇지? 왜 대답이 없다가 하필 문을 열려고만 하면 대답이 나올까? 학생은 마지막으로 다시 한번 시험해 보기로 했다. 그리고 문을 두

드렸는데 역시 대답이 없었다. 그러다가 문을 살며시 잡고 열려고 하는데,

"……똑똑똑!"

귀신이다! 귀신이 씐 거야!

학생은 겁이 났지만 오랫동안 혼자 생활을 많이 했기 때문에 용기를 내었다. 그리고는 겁을 없애기 위해서 소리를 꽥 지르면서 과감하게 문을 발로 쾅 차면서 열었다.

그리고 나서 보니까 어떤 남자가 밀어내기 자세로 웅크리고 앉아서 학생을 째려보고 있는데…… 밀어내기 하는 곳이 문에서 한참 떨어진 곳, 저 안쪽에 있는 것이었다.

…………

그 다음날 학생은 다시 또 화장실에 갔다.

그 전날 밤에는 대단히 미안했다. 하지만 오늘은 변소 구조를 아니까 실수를 하지 않을 것이다. 그런데 또 막상 공중변소를 들어서니 어쩐지 음산함이 느껴졌다. 그래도 할 수 없지 뭐.

어제처럼 문을 두드렸다. 한참 있어야 반응이 있겠지. 그런데,

"똑!"

하고 즉시 소리가 났다. 그것도 한번만!

어, 금방 소리가 날 수 있는 거리가 아닌데. 그래서 다시 문을 두드려 보았다. 또다시,

"똑!"

하고 같은 소리가 났다. 그것도 즉시!

잘못 들었을까? 다시 겁이 났지만 마지막으로 한번만 더 확인하기로 했다. 그래서 다시 문을 두드렸는데 역시 만찬가지로 즉시 소리가,

"똑!"

하고 났다. 결코 사람이 내는 소리라고는 생각할 수 없는 소리가. 그래서 그 학생은 다시 또 꽥 소리를 지르면서 문을 발로 쾅 차서 열었다.

그러자 어제 그 남자가 어제 그 자리에 밀어내기 자세로 앉아서 학생을 째려보고 있는데…… 그 남자 앞에 돌멩이들이 쌓여 있었다.

셋째 날 학생은 또다시 불가피하게 화장실에 올라갔다. 올라가면서 다짐했다. 오늘은 아무리 이상한 소리가 나더라도 문을 열지 말아야지. 그리고는 다시 변소 문 앞에 서서 심호흡을 한 후에 문을 두드렸다.

그러자 이번에는,

"똑똑똑……!"

하고 즉시 소리가 나는 것이었다.

어떻게 이런 소리가 날 수 있지? 그것도 즉시? 다시 한번 문을 두드려 보았다. 이번에도,

"똑똑똑똑……!"

하고 즉시 소리가 났다.

장대로 문을 두드리는 것일까? 하지만 장대로 문을 두드리면 손으로 두드리는 소리와 다르잖아. 하지만 그 소리는 분명히 손으로 두드리는 소리였다. 어떻게 그런 소리가 날 수 있지? 학생은 다시 마지막으로 문을 두드려 보았다. 이번에도, 들려 왔다.

"똑똑똑!"

이번엔 진짜 귀신이다!

이렇게 생각한 학생은 소리를 꽥 지르면서 과감하게 발로 문을 차서 열어젖혔다. 그러자 어제 그 남자가 역시 그 안에 있었는데……

문 바로 앞에 신문지를 밑에 펴놓고 앉아 있었던 것이다.

남자들 쉬~이 스타일

· 흥분 잘하는 남자.
팬티에서 구멍을 찾을 수 없자 온몸을 떨며 허리띠까지 풀고 오줌을 누는 남자.
· 사교적인 남자.
쉬~가 마렵든 안 마렵든 친구를 따라가 쉬~이를 누는 남자.
· 호기심 많은 남자.
옆 사람과 사이즈 비교해 보려고 옆만 보고 오줌을 누는 남자.
· 똑똑한 남자.
손으로 거시기를 잡지 않고 지렛대 원리로 지퍼에 걸치고 쉬~이 하는 남자.
· 순진한 남자.
오줌 줄기를 변기의 위, 아래, 좌우로 휘둘러대며 자기 이름을 새겨 보거나 열심히 파리나 모기를 맞히려고 애쓰는 남자.

· 불만형 남자.

오줌이 다 마를 때까지 거시기를 30회 이상 흔들고 있는 남자.

· 터프한 남자.

거시기의 오줌을 털어내기 위해 거시기를 변기에 다 탕탕치는 남자.

깔긴 죄

옛날 어떤 대감이 저택 담벽에 소변을 깔기는 것을 엄금하였다.

그런데 어느 날 네 사람이 분부를 어기고 유유히 치뤘겠다.

마루에서 그것을 내다본 대감님 지체없이 하인에게 명령하여 네 사람을 잡아다가 꿇어앉히고 재판하였다.

"불측한 놈들 같으니라구. 네놈들이 죄를 범한 그 부분에 벌을 주겠다. 첫째 너의 생업은 무엇인고?"

"자물쇠장이올시다."

"좋아. 이놈의 그것에다 줄칼질을 하여라. 둘째! 너의 생업은?"

"대장장이인 줄 아뢰오."

"좋아, 이놈의 그것을 쇠망치로 두드려라."

"세째 너는?"
"목수로소이다."
"음 대패질을 하여라. 넷째, 너는?"
"엿장수입니다."
"그래! 그럼 엿장수 마음대로 해라."

오줌도 못 가리는 성균관 유생

청파동에 살던 이 준이라는 사람은 위인이 어리석고 대단한 겁쟁이였다. 기억력 또한 없어 조금 전의 일도 새까맣게 잊어버리고 엉뚱한 소리를 했다. 이러한 문제아였지만 친구 윤사초를 따라 성균관에 입학하게 되었다. 그때 마침 예조판서가 봉향해 오게 되자 예에 따라 관에 있는 선비들에게 시를 짓게 하였다. 공교롭게 이 준이 지명되자 그는 창화하여 어찌할 줄을 모르다가 대청 한가운데서 고의춤을 쥐고 쩔쩔매면서,

"사초, 사초! 소변이 대단히 급한데 어떻게 할까?"

떠들어대자, 윤사초는 주위가 창피하여 끌고 나가 소변을 보게 하였다. 그러나 미처 섬돌을 내려오기 전에 이 준은 돌아보면서,

"이상하다. 대청을 나오자마자 금방 급하지 않으니!"
하였다. 잠시 후 대청에 들어가서 다시 급하게 윤사초를 부르면서,
"내 바지가 다 젖었으니, 오줌을 싼 모양이다."
하고 바지를 들어보이는데, 과연 발꿈치까지 오줌이 줄줄 흘러내려갔으므로 그것을 본 스승이나 생도가 포복절도하지 않는 사람이 없었다. 뜰 아래에 한 늙은 고지기가 있다가 자리에서 일어나면서 말하기를,
"이 늙은 종이 70년을 살아 오면서 이런 일 저런 일 수없이 겪었지만 입학할 때 오줌 싸는 학사는 처음이다. 아무리 겁이 많아도 똥오줌을 가리지 못한담."
하니, 어떤 이는,
"앞으로 성균관 입학시에는 똥오줌 가리는 것부터 시험보아야 하겠군."
하며, 웃었다.
석양에 윤사초는 이 준과 함께 돌아오는데 낮

에 만좌 중에서 창피당한 일이 부끄러워 앞으로 주책없는 짓을 하지 말라고 일렀다.

"비록 오줌은 쌌더라도 남에게 내보여 웃음거리를 살 필요는 없지 않은가?"

"자네가 나를 놀리는가? 나는 기필코 그런 일이 없었네."

이 준은 싸울 듯이 대들었다. 아마 그는 낮에 당한 일을 까맣게 잊은 것이리라. 이 소문을 들은 사람들은,

'겁이 많은 위에 기억력까지 그러하니 그 사람은 까마귀 고기를 먹은 모양' 이라 하였다.

소변

어떤 의원이 볼일이 있어 외출하면서 친구에게 약방을 보아달라고 부탁하고 갔겠다. 그런데 의원이 나간 지 얼마 안 되어 부인 한 사람이 병을 보러 왔는지라 친구 생각하기를,

〈손님 하나라도 놓쳐서는 안 되지. 웬만한 약쯤은 나도 책을 보고 지을 수 있으니까 받아보자.〉

하고 부인을 맞아들였겠다.

"그래, 부인께서는 어디가 아파서 오셨는지요?"

"사실은 태기가 있어요."

"그런데?"

"그런데 아이들이 열둘이나 되어서 더 낳고 싶지 않아 낙태를 시킬까 하고 왔습니다."

"흐음, 그럴만도 하군. 그래 지금 몇 달이나 되

셨소?"

"석 달입니다."

"석 달이라? ……그러면 묻겠는데 소변은 자주 보는 편이지요?"

"네, 자주 봅니다."

"하루에 몇 번 정도나 보십니까?"

"한 열 번 정도 봅니다."

"그럼 됐습니다. 아주 간단합니다. 한 열흘쯤 소변을 참으십시오. 그렇게 하면 아기는 아직 헤엄칠 줄 모를 테니까 물에 빠져죽을 거요."

유료화장실

1) 인천국제공항선 청사에 미국서 오는 아이를 마중 나갔던 아주머니가 기다리는 도중에 화장실에 갔더니 유료였는데, 남녀간에 요금차이가 있었다. 즉 남자는 500원, 여자는 1,000원. 아주머니가 관리인에게 따졌다.

"남녀 다 똑같이 일보는데 왜 여자는 배로 받나요?"

"버스나 기차도 입석과 좌석은 요금이 다르지 않습니까."

2) 아이를 데리고 부산으로 가려고 국내선 청사로 갔다. 이번에는 아저씨가 화장실에 갔더니 요금이 정반대였다.

즉, 여자는 500원, 남자는 1,000원

"왜 화장실 요금이 남자한테는 두 배인가요?"

"당신은 흔들었잖아."

지금변소

병달이네 집 담장은 날이면 날마다 새로운 얼룩에 지린내가 진동을 했다. 참다 못한 병달이는 '소변금지' 라고 크게 써서 담장에 붙여 놓고는 그 위에 큼지막하게 가위까지 그려 놓았다. 그런데도 오줌을 누는 사람이 있어 잠복 끝에 범인을 잡고 보니 바로 같은 동네에 사는 절봉이었다.

병달 : 니 눈엔 이거 그려논 기 안 보이나?

절봉 : 뭐?

병달 : 왜 오리발이고? 여기 '소변금지' 라고 써놨기 안 비나?

절봉 : 엉? '지금변소' 라고 쓴 거 아니었어?

오줌 대중

시계가 없던 시절, 시간을 정확히 알기란 매우 어려운 일이었다. 낮에는 해가 있어 그나마 가늠할 수 있었지만 밤에는 유일하게 2시경에 우는 닭소리가 유일한 시간의 잣대였다. 그러므로 밤시간을 가늠하기란 매우 힘들었다.

시집 온 지 얼마 되지 않은 새댁이 있었다. 그 여인은 밤 시간을 오줌 대중으로 가늠했는데, 어릴 때부터 거의 틀린 적이 없어 무척 자신감을 갖고 있었다.

시집 와서 처음으로 맞는 제삿날이었다. 간밤에 꿈자리가 사나워 깊이 잠들지 못한 것이 문제인지 음식을 만드는 내내 졸음이 몰려왔다. 평소 오줌 대중에 자신 있던 여인은 한숨 자고 준비해도 되겠다 싶어 잠을 자다가 오줌이 마려워 눈을 떴다.

태연하게 일어나 제삿상을 차리고 있는데 갑자기 밖에서 닭 우는 소리가 들렸다. 닭이 울면 귀신이 저승으로 돌아가기 때문에 돌이킬 수 없는 상태였다. 남편과 시어머니는 화가 날대로 나서 새댁을 다그쳤다.

남편과 시어머니의 심한 꾸중도 그렇지만 평소 믿었던 오줌 대중이 맞지 않아 새댁은 화가 나서 부뚜막에 걸터앉아,

"이것아, 왜 오늘은 대중을 지키지 않았느냐?"

하면서 하문만 쥐어뜯었다.

커피에 넣는 설탕 양에 따른 심리분석

– 블랙커피 : 고독을 아는 사람
– 설탕 한 스푼 : 인생을 아는 사람
– 설탕 두 스푼 : 커피의 참맛을 아는 사람
– 설탕 세 스푼 : 사랑을 아는 사람
문제1) 그럼 네 스푼은?
〈아무것도 모르면서 설탕만 많이 넣는 사람〉
문제 2) 다섯 스푼은?
〈설탕의 참맛을 아는 사람〉
문제 3) 여섯 스푼은?
〈커피가 없어서 설탕만 넣는 사람〉

신혼 첫날밤
각 나라 여성의 국민성 차이

- 독일여성 : 자기 자?
- 미국 : 자기 피임약 준비했겠지.
- 프랑스 : 자기, 나 좋았어?
- 영국 : 우리 2세를 어느 대학에 보낼까?

그럼 한국여성은?

〈자기, 공짜라서 좋지?〉

여자를 고문하는 요령

- 방에 가둔다.

- 일류디자이너가 만든 옷 100벌을 넣어준다.

세 번째 단계는?

- 거울을 넣어주지 않는다.

강아지와 남편의 공통점

- 끼니를 챙겨 주어야 한다.
- 가끔씩 데리고 놀아주어야 한다.
- 복잡한 말은 알아듣지를 못한다.
- 초장에 버릇을 잘못 들이면 내내 고생한다.

남편이 강아지보다 편리한 점은?

- 돈을 벌어온다.
- 간단한 심부름을 시킬 수 있다.
- 훈련을 안 시켜도 대소변은 가릴 줄 안다.
- 집에 두고 여행을 갈 수 있다.
- 같이 외출할 때 출입제한구역이 적다.

강아지가 남편보다 좋은 점은?

- 신경질이 날 때 발로 뻥 찰 수 있다.
- 한 집안에 두 마리를 함께 길러도 뒤탈이 없다.
- 강아지의 부모형제로부터 간섭을 받을 필요가 없다.
- 외박을 하고 들어와도 꼬리치며 반가워한다.
- 데리고 살다 싫증이 나서 내다 버릴 때 변호사가 필요 없다.

여자의 연령대별 혀의 용도

10대 : 약올릴 때.
20대 : 키스할 때.
30대 : 수다떨 때.
40대 : 곗돈 셀 때.

모유가 분유보다 좋은 점은?

– 깨질 염려가 없다.
– 상할 염려가 없다.
– 휴대하기 간편하다.
– 데울 필요가 없다.
– 흘리거나 쏟을 염려가 없다.
– 잃어버릴 염려가 없다.
– 언제나 스페어가 하나 더 있다. 등
이상의 장점보다 더 중요한 것은?
– 부자 공용이라는 점이다.

자동차와 와이프의 공통점은?

- 예열을 가해야 한다.

- 초심자는 급발진하는 경우가 많다.

- 전진도 후진도 한다.

- 남의 것을 더 좋아한다.

- 그러면서도 자기 것 빌려주는 것은 싫어한다.

- 술 마시고 꼭 몰겠다는 놈이 있다 등.

마지막으로 가장 중요한 공통점 하나는?

- 잘못하여 사고 치면 평생 후회한다.

사자성어

전라남도 : 옷을 홀딱 벗은 남자의 그림.

호로자식 : 러시아를 좋아하는 사람.

황당무계 : 노란 당근이 무게가 더 나간다.

유비무환 : 비가 오는 날에는 환자가 없다.

그럼 백문이불여일견의 뜻은?

〈백가와 문가가 합해봐야 개 한 마리만도 못하다.〉

〈주의〉 개만도 못하다가 아니고 개 한 마리만도.

불알친구

한문 과목 시험을 끝내고 아이들이 답을 맞춰 보고 있었다. 아이들의 공통된 의견은 제일 마지막 문제가 가장 어려웠다며 투덜거렸다. 마지막 문제는 "우정이 돈독하여 매우 친한 친구사이를 4자성어로 무엇이라고 하는가?" 였다.

아이들은 '죽마고우' 나 '관포지교' 또는 '막역지우' 등의 답을 적었다고 말했지만 구석자리에 앉은 순자는 아무말도 못하고 앉아 있었다. 그날 저녁 한문선생님이 채점하면서 순자의 답안지를 보다가 큰소리로 웃고 말았다. 답안 내용은 무엇이었을까?

〈불알친구〉

사자성어 문제

코도 크고 거시기도 클 때 : 금상첨화

코도 작은 것이 거시기마저 작을 때 : 설상가상

코는 크나 거시기는 작을 때 : 유명무실이라고 한다.

그럼 코는 작으나 거시기는 클 때는?

〈천만다행〉

깔깔 유머콘서트

1판 1쇄 발행 | 2010. 11. 25
1판 2쇄 발행 | 2012. 9. 25

엮은이 | 한미소
펴낸이 | 이현순

펴낸곳 | 백만문화사
서울시 강서구 초록마을로 176, 1동 401호(화곡동, 미성아파트)
대표전화 (02)325-5176 | 팩시밀리 (02)323-7633
신고번호 제315-2012-000015호
E-mail | bmbooks@naver.com
홈페이지 | http://bmbook.com.ne.kr

Printed & Manufactured in Seoul Korea

ISBN 978-89-85382-95-3 00810

값 6,500원